ANTOINE MARTIN

LA CHUTE DES ASTRES : DE LA TRAHISON DES PEUPLES ÉLUS

(2017)

Collection dirigée par Alain SORAL

KONTRE KULTURE
www.kontrekulture.com

Je vis d'abord apparaître devant moi un espace de lumière infini, et, très haut dans cet espace, comme un globe lumineux semblable à un soleil; je sentis que dans ce globe se trouvait l'unité des trois divines Personnes. En mon for intérieur, je nommai ceci le Consentement (divin) et j'en vis procéder comme une Opération : alors furent appelés à l'existence les Chœurs d'Esprits, infiniment éclatants, et puissants, et beaux, qui apparaissaient sous le globe lumineux comme des anneaux, des cercles concentriques brillants. Ce monde de lumière se tenait au-dessous du soleil supérieur comme un autre soleil.

D'abord, ces Chœurs évoluèrent tous, comme animés par l'amour issu du divin soleil. Soudain, je vis une partie de tous les Chœurs se fixer en eux-mêmes, abîmés en leur propre beauté. Ces Esprits ressentaient un plaisir propre, ils voyaient toute beauté en eux-mêmes; ils se tournaient sur eux-mêmes, se complaisaient en eux-mêmes.

Au commencement, tous les Esprits étaient tirés d'eux-mêmes par un mouvement supérieur à eux ; maintenant, une partie d'entre eux se fixaient en eux-mêmes, immobiles. Et au même moment, je vis tous ces Esprits précipités vers l'abîme et s'obscurcissant, tandis que les autres Esprits s'écartaient d'eux et évoluaient de façon à combler leurs rangs, qui étaient plus petits. Mais je ne vis pas ceci comme s'ils les pourchassaient en sortant du cadre de la vision : tandis que les premiers s'immobilisaient et tombaient, les autres, toujours en mouvement, occupaient leurs rangs, et tout ceci était une même chose.

Lorsque ces Esprits furent précipités vers l'abîme, je vis apparaître, en bas, un disque de ténèbres qui me sembla devoir constituer leur séjour, et je compris que leur chute était irrémissible. Mais l'espace qu'ils occupaient à présent en bas était bien plus restreint que celui qu'ils avaient eu en partage en haut, si bien qu'ils m'apparaissaient étroitement serrés les uns contre les autres.

Depuis que, petite enfant, j'avais vu cette chute des Esprits, j'étais effrayée jour et nuit par leur action, et je me disais qu'ils devaient faire beaucoup de mal à la terre : ils sont toujours autour d'elle ; il est heureux qu'ils n'aient pas de corps, sinon ils obscurciraient le soleil et on les verrait planer devant lui comme des nuées ; ce serait épouvantable.

Aussitôt après la chute, je vis les Esprits des cercles lumineux s'humilier devant le globe de la Divinité et demander avec soumission que ce qui était tombé fût de nouveau rétabli.

Alors je vis un mouvement et une opération dans le globe de la lumière divine, qui était resté jusque-là immobile et qui avait, à ce que je compris, attendu cette requête.

Après cette démarche des Chœurs angéliques, je compris intérieurement qu'ils devaient désormais rester préservés de toute chute. J'eus cependant connaissance de ceci, qui est la déclaration de Dieu et son jugement éternel : tant que les Chœurs déchus ne seront pas rétablis quant au nombre, il y aura un combat. Et je vis cette durée infiniment longue pour mon âme, comme impossible. Ce combat aura lieu cependant sur la terre, car il ne peut plus y avoir de lutte en haut, décréta Dieu.

Bienheureuse Anne-Catherine EMMERICH[1]

Mais Lucifer qui fut précipité de la gloire du ciel à cause de son orgueil, au commencement de sa création, était si beau et si grand, qu'il ne découvrit aucun défaut dans sa beauté et dans sa force. C'est pourquoi, en contemplant sa grâce, et en considérant en lui-même la vertu de sa force, il rencontra la superbe qui lui promit d'entreprendre ce qu'il voudrait, parce qu'il pourrait accomplir ce qu'il entreprendrait. Et voyant le lieu où il pensait trouver sa place, pour y montrer sa beauté et sa force, il se disait en lui-même : Je veux briller là, comme celui-ci resplendit ici. Ce que ses légions approuvèrent en disant : Ce que tu veux, nous le voulons aussi. Et comme, exalté dans son orgueil, il voulait accomplir ce qu'il avait médité, le zèle du Seigneur se montrant dans tout son éclat, précipita Satan avec toute son armée dans les ténèbres de flammes; de telle sorte qu'ils changèrent leur splendeur sereine, en la plus épouvantable noirceur. [...]

Lorsque l'ange superbe se dressa sur lui-même, comme la couleuvre, la prison infernale s'ouvrit; parce qu'il ne put se faire, que quelqu'un prévalût contre Dieu. Et comme il ne conviendrait pas qu'il y eût deux cœurs dans une poitrine, ainsi dans le ciel, il ne put y avoir deux dieux. Et parce que le démon, avec les siens, satisfit sa présomption superbe, il trouva le lac de perdition préparé pour lui.

1. EMMERICK, Anne-Catherine, *Les mystères de l'Ancienne Alliance*, texte intégral recueilli par Clémens Brentano, traduit et présenté par Jean-Joachim Bouflet, Paris, Téqui, 1977, chapitre 1, « La Chute des anges ».

Ainsi les hommes qui les imitent dans leurs actes, deviennent participants de leurs peines selon leur mérite. Mais il y a des âmes qui, étant parvenues au comble de la damnation, sont rejetées de la science de Dieu ; et elles subiront les peines infernales, sans la consolation d'en voir la fin ; d'autres, au contraire, n'étant pas dans l'oubli de Dieu, mais en vertu d'un examen suprême, accomplissant la purgation des péchés dans lesquels elles sont tombées, verront enfin briser leurs liens, et parviendront au lieu du repos. Que signifie cela ? La géhenne est ouverte, à ceux qui restent sans repentir dans l'oubli de Dieu, au fond de leur cœur ; les autres tourments sont destinés à ceux qui, bien qu'ils fassent des œuvres mauvaises, n'y persévèrent pas cependant jusqu'à la fin, mais regardent enfin vers Dieu dans les larmes du repentir.

Sainte Hildegarde DE BINGEN[2]

2. *Cf.* HILDEGARDE DE BINGEN, *Scivias, ou les trois livres de visions et révélations,* Paris, R. Chamonal, 1909-1914, livre 1, vision 2, p. 26-32.

AVERTISSEMENT

Cet ouvrage entend aborder un sujet hautement sensible. Dans notre société, l'hystérie est de mise dès que l'on ose un tant soit peu émettre des réserves à l'égard de certains aspects du judaïsme. Précisons donc d'emblée qu'il s'agira ici d'inciter à la réflexion et non à la haine, ni à la violence.

PREMIÈRE PARTIE

FORT CONTRE DIEU

INTRODUCTION : ANTHROPOTHÉISME ET JUDAÏSME

Pendant l'écriture du *Chant dans la fournaise*, s'est posée une question qui est restée en suspens, une question qui n'a pas trouvé de formulation explicite, mais qui n'aura peut-être pas échappé à un lecteur attentif. On se souvient qu'une partie non négligeable de cet essai s'emploie à décrire les religions et les liturgies de l'homme qui se fait dieu à la place de Dieu, ce que nous appellerons ici des anthropothéismes. Ce qui n'a pas été relevé alors, c'est le rôle joué par de nombreux Juifs dans la conception et la promotion de ces anthropothéismes. L'un des récents grands chantres de la laïcité républicaine[3] n'est autre que l'ancien ministre Vincent Peillon, juif par sa mère, Françoise Blum. En France, l'avortement a fait l'objet d'une dépénalisation avec la loi Veil[4], du nom du ministre qui l'a préparée, Simone Veil, née Simone Jacob. Raymond

3. Cf. Martin, Antoine, *Le Chant dans la fournaise : de la nécessaire insoumission chrétienne face aux nouvelles théologies*, Paris, Kontre Kulture, 2015, p. 25-31.
4. *Idem*, p. 51-58, 91-93, 128-130.

Kurzweil, l'une des figures de proue du transhumanisme[5], est également juif. On sait aussi que le Premier ministre Manuel Valls, mentionné à plusieurs reprises dans cet ouvrage[6], a un jour protesté de son engagement contre l'antisémitisme en ces termes : « Par ma femme, je suis lié de manière éternelle à la communauté juive et à Israël. Quand même ! »[7] L'ancien ministre Jack Lang, dont ont été cités les propos sur la « sexualité puérile »[8], est également issu d'une famille juive. Quant au lien entre judaïsme et religion de la Shoah[9], il s'impose de lui-même. En ce qui concerne les rapports qu'entretiennent capitalisme[10] et judaïsme, qu'on nous permette seulement de renvoyer à l'essai *Les Juifs, le monde et l'argent*[11], écrit par Jacques Attali, conseiller de plusieurs présidents de la République et juif lui-même.

La mention de nombreux Juifs dans un ouvrage traitant des liturgies de l'homme autoproclamé dieu ne relève pas du pur hasard. Un fait très simple permet de le confirmer : selon la tradition catholique, lorsque l'Antéchrist paraîtra, les Juifs l'acclameront comme leur Messie[12]. Et précisément, l'Antéchrist ne sera rien d'autre qu'un homme voulant se faire adorer comme une divinité[13]... Bien sûr, cette volonté de devenir dieu à la place de Dieu se situe à la racine de tout péché[14]. On la trouve donc au cœur de tout homme. Mais c'est une chose de succomber à cette tentation ; c'en est une

5. *Idem*, p. 61-65.
6. *Idem*, p. 70, 130-131.
7. Propos tenus à Radio Judaïca Strasbourg le 17 juin 2011.
8. *Le Chant dans la fournaise, op. cit.*, p. 59.
9. *Idem*, p. 65-74.
10. *Idem*, p. 75-82.
11. Attali, Jacques, *Les Juifs, le monde et l'argent : histoire économique du peuple juif.* Paris : Fayard, 2002. 638 p.
12. Cf. Lémann, Augustin, *l'Avenir de Jérusalem, espérances et chimères*, 1901, troisième partie, chapitre 1, « Que les Juifs doivent probablement recevoir et acclamer l'Antéchrist comme Messie », où l'auteur, références à l'appui, dresse la liste des nombreux Pères de l'Église partageant cette opinion.
13. *Catéchisme de l'Église catholique*, § 675.
14. *Idem*, § 1850.

autre de la revendiquer comme un art de vivre légitime, et de la justifier par un argumentaire de nature théologique. Et il semble bien exister, que cela mette à l'aise ou non, des liens très étroits entre le judaïsme tel qu'il subsiste après la venue du Christ et l'anthropothéisme. C'est cette convergence qu'il s'agira d'explorer ici.

CHAPITRE PREMIER

TENTATIONS AU DÉSERT : COMMENT LES JUIFS DE L'ÉVANGILE Y SUCCOMBENT

Le récit des tentations du Christ mérite qu'on s'y arrête dès lors qu'on prétend explorer les liens entre le judaïsme d'après Jésus et l'anthropothéisme. Tout simplement parce que le diable est l'inspirateur, pour ne pas dire l'inventeur de cet anthropothéisme, c'est-à-dire de cette volonté qui existe chez l'homme de se faire dieu à la place de Dieu. Et cela commence très tôt : dès la Genèse, le serpent propose à Adam et Ève de devenir « comme Dieu »[15]. Ceux-ci l'écoutent, désobéissent à leur Créateur, et des malheurs sans nombre s'abattent alors sur les humains, parmi lesquels la souffrance et la mort[16]. Au moment où le diable suggère à nos premiers parents de supplanter Dieu, il ne peut ignorer que ces derniers, s'ils lui prêtent attention, vont au devant d'une véritable catastrophe. En effet, dès avant la création de l'homme, Lucifer caressait pour lui-même ce projet, et mal

15. *Genèse* III, 5.
16. *Genèse* III, 16-19.

lui en avait pris : il était ainsi devenu l'ange déchu que nous connaissons sous le nom de Satan. Le prophète Isaïe rapporte l'événement en quelques versets :

> *Comment es-tu tombé du ciel, astre brillant, fils de l'aurore? Comment es-tu renversé par terre, toi, le destructeur des nations? Toi qui disais en ton cœur : « Je monterai dans les cieux; au-dessus des étoiles de Dieu, j'élèverai mon trône; je m'assiérai sur la montagne de l'assemblée, dans les profondeurs du septentrion; je monterai sur les sommets des nues, je serai semblable au Très-Haut!... » Et te voilà descendu au schéol, dans les profondeurs de l'abîme!*[17]

Si ces paroles d'Isaïe s'adressent en premier lieu au « roi de Babylone »[18], toute une tradition les applique à juste titre au diable[19], sur la base d'un indice textuel difficilement contournable : dans la version latine de saint Jérôme, le nom que traduit ici l'expression « astre brillant » n'est autre que Lucifer... Avec ce texte, Satan et l'homme qui veut surpasser Dieu se voient donc englobés dans une même réprobation.

De façon analogue, le *Catéchisme de l'Église catholique*[20] rappelle que « la tentation de Jésus manifeste la manière qu'a le Fils de Dieu d'être Messie, à l'opposé de celle que lui propose Satan et que les hommes (cf. Mt 16, 21-23) désirent lui attribuer ». Vous remarquerez que le pronom « celle » est au singulier. Selon cette indication, les hommes et le diable partagent donc une seule et même fausse vision du messianisme. Pour appuyer cette assertion, le *Catéchisme* s'appuie sur un passage de l'évangile selon saint Matthieu :

---

17. *Isaïe*, XIV, 12-15.
18. *Isaïe*, XIV, 4.
19. Par exemple SAINT AMBROISE, *Exposé sur le Psaume 118*, Sermon 7, paragraphe 8, traduction par Denys Gorce, Namur, Éditions du Soleil Levant, 1963.
20. § 540.

Jésus commença dès lors à découvrir à ses disciples qu'il fallait qu'il allât à Jérusalem, qu'il souffrît beaucoup de la part des Anciens, des scribes et des Princes des prêtres, qu'il fût mis à mort et qu'il ressuscitât le troisième jour. Pierre, le prenant à part, se mit à le reprendre, en disant : « À Dieu ne plaise, Seigneur! Cela ne vous arrivera pas. » Mais Jésus, se retournant, dit à Pierre : « Retire-toi de moi, Satan, tu m'es un scandale; car tu n'as pas l'intelligence des choses de Dieu; tu n'as que des pensées humaines. »[21]

L'injonction « Retire-toi de moi, Satan » est mot pour mot celle que Jésus a lancé au diable lors de la triple tentation au désert[22]. Dans une même réplique, le Christ traite Pierre de « Satan » et l'accuse de n'avoir que des « pensées humaines », ce qui semble pour le moins paradoxal... sauf si précisément, hommes et démons partagent une même vision erronée du messianisme... Or Pierre n'évolue pas comme un électron libre dans la société de son temps. C'est avant tout un Juif, qui partage les espérances de ses contemporains relativement au Messie. Mais l'idée du Messie que se font Pierre et ses compatriotes, nous dit Jésus, est fausse; elle est même d'inspiration satanique.

Avant d'entrer dans le détail des tentations au désert, il convient d'en observer le contexte. Jésus vient de se faire baptiser par son cousin Jean dans le Jourdain. Et lors de ce baptême, l'Esprit saint est descendu sur lui sous la forme d'une colombe[23]. Avec cet événement, affirme Benoît XVI, « il nous est dit que Jésus a reçu la véritable « onction », qu'il est « l'Oint » attendu : à ce moment-là, lui a été formellement conférée la dignité royale et sacerdotale pour l'histoire et

21. *Matthieu* XVI, 21-23.
22. *Matthieu* IV, 10.
23. *Matthieu* III, 13-17.

devant Israël »[24]. Avec son baptême, le Christ est donc roi et prêtre. Mais il est aussi prophète, ainsi que l'assure le *Catéchisme de l'Église catholique*[25]. Par leur baptême, les chrétiens participent à cette triple dignité sacerdotale, prophétique et royale du Christ[26]. Il fallait rappeler cette dernière, puisque les tentations au désert ont pour cible ces trois facettes de la mission messianique. Le temps passé par le Messie au désert se présente comme « une lutte contre les déformations de la mission, qui se présentent comme ses vrais accomplissements »[27]. Nous savons déjà que si Jésus résistera à ces tentatives de déformation, on ne pourra pas en dire autant de ses contemporains juifs.

« COMMANDEZ QUE CES PIERRES DEVIENNENT DES PAINS »

Examinons maintenant la première tentation :

Alors Jésus fut conduit par l'Esprit dans le désert pour y être tenté par le diable. Après avoir jeûné pendant quarante jours et quarante nuits, il eut faim. Et le tentateur, s'approchant, lui dit : « Si vous êtes le Fils de Dieu, commandez que ces pierres deviennent des pains. » Jésus lui répondit : « Il est écrit : L'homme ne vit pas seulement de pain, mais de toute parole qui sort de la bouche de Dieu. »[28]

---

24. Ratzinger, Joseph, *Jésus de Nazareth : 1, Du baptême dans le Jourdain à la Transfiguration*, traduit de l'allemand par Dieter Hornig, Marie-Ange Roy et Dominique Tassel, Paris, Flammarion, 2007, p. 45-46.
25. § 436.
26. *Idem*, § 783-786.
27. Ratzinger, Joseph, *op. cit.*, p. 46.
28. *Matthieu* IV, 1-4.

Jésus se refuse à changer des pierres en pains pour assouvir sa faim. Et pourtant, plus loin dans l'évangile, il n'hésitera pas à multiplier les pains pour les gens qui l'écoutent[29]. Quelle différence existe-t-il entre les deux situations, pour que le Christ accorde à la foule un miracle qu'il s'est refusé à lui-même ? Une différence fondamentale : autant Jésus refuse de se servir lui-même, autant il n'hésite pas à se mettre au service de la foule. Il le déclarera sans ambages à ses disciples : « Le Fils de l'homme est venu, non pour être servi, mais pour servir, et donner sa vie pour la rançon de la multitude. »[30]

En outre, lorsqu'il opère la multiplication des pains, le Christ ne souhaite pas seulement nourrir la foule. En réalisant ce signe, il a également en vue un objectif pédagogique : faire comprendre à ses disciples qu'il est, lui, le vrai pain descendu du ciel, et les préparer ainsi à l'institution eucharistique. À cet égard, l'évangile selon saint Jean ne laisse aucune place au doute. Le lendemain de la multiplication des pains, les gens, encore tout émerveillés de la nourriture reçue la veille, se mettent à la recherche de Jésus. Lorsqu'ils l'ont trouvé, ce dernier essaie en quelques phrases d'élever leur niveau de compréhension de l'événement :

> *En vérité, en vérité je vous le dis, vous me cherchez, non parce que vous avez vu des miracles, mais parce que vous avez mangé des pains et que vous avez été rassasiés. Travaillez, non pour la nourriture qui périt, mais pour celle qui demeure pour la vie éternelle, et que le Fils de l'homme vous donnera.*[31]

S'ensuit une longue conversation sur cette nourriture d'un genre nouveau. Jésus explique que la manne que les

---

29. *Matthieu,* XIV, 14-21.
30. *Matthieu,* XX, 28.
31. *Jean,* VI, 26-27.

Hébreux ont mangée dans le désert à l'époque de Moïse[32] ne constituait pas le vrai pain descendu du ciel[33]. La manne, affirme-t-il, est radicalement dépassée au profit d'une autre réalité. C'est en termes presque brutaux que le Christ soutient sa thèse : « Vos pères ont mangé la manne dans le désert, et ils sont morts. »[34] Si l'on en croit Benoît XVI, avec une telle déclaration, Jésus porte un coup très rude aux aspirations des Juifs de son temps :

> *Le grand don cependant qui était présent dans les esprits, c'était la manne. Moïse avait donné le pain du ciel. Dieu lui-même avait nourri Israël en marche avec le pain céleste. Pour un peuple dont un grand nombre souffrait de la faim et de la fatigue du labeur quotidien, ce fut la promesse des promesses, qui condensait d'une certaine façon tous les espoirs : la fin de toute misère, un don qui calmerait la faim pour tous et pour toujours.*[35]

Jésus dévoile le fond de sa pensée : « Je suis le pain vivant qui est descendu du ciel. Si quelqu'un mange de ce pain, il vivra éternellement; et le pain que je donnerai, c'est ma chair, pour le salut du monde. »[36] Pour l'Église catholique, c'est lors de la messe, où le pain consacré devient le Corps du Christ, que se réalise cette promesse. « L'homme ne vit pas seulement de pain, mais de toute parole qui sort de la bouche de Dieu. »[37] *A posteriori*, cette réplique de Jésus au démon peut donc aussi se lire, ainsi que le suggère Benoît XVI[38], comme

32. Cf. *Exode*, XVI, 2-15.
33. *Jean* VI, 31-32.
34. *Jean* VI, 49.
35. Ratzinger, Joseph, *op. cit.*, p. 291-292.
36. *Jean* VI, 51.
37. *Matthieu*, IV, 4.
38. Ratzinger, Joseph, *op. cit.*, p. 52-53.

une annonce des paroles consécratoires qu'il prononcera lors de la Cène : « Prenez et mangez, ceci est mon corps. »[39]

La cible de cette première tentation semble donc bien être la mission sacerdotale du Christ. Dans l'invitation du diable à transformer les pierres en pain pour se sustenter, le Christ-Prêtre cesse de s'offrir lui-même en victime pour nourrir spirituellement son peuple. La puissance sacerdotale, celle qui rendra possible la transsubstantiation, est subvertie au profit du prêtre lui-même, qui utilise les grâces données par Dieu en vue d'une nourriture purement terrestre. Il s'agit là d'une forme très subtile d'anthropothéisme : en succombant à cette tentation, on ne se déclare pas explicitement dieu à la place de Dieu. Mais on remplace le plan de salut voulu par Dieu par un projet tout humain. Pire encore, on détourne les dons divins, accordés en vue du salut, au profit de ce projet, soi-disant meilleur que le dessein de Dieu. C'est une manière à peine voilée de se placer au-dessus de la divinité.

Si le Christ ne donne pas prise à cette tentation, les Juifs tomberont à pieds joints dans le piège tendu par le démon. Revenons sur ce reproche que leur lance Jésus : « Vous me cherchez, non parce que vous avez vu des miracles, mais parce que vous avez mangé des pains et que vous avez été rassasiés. »[40] Ce que traduit le mot « miracles », c'est le terme grec σημεῖα, que saint Jérôme a rendu en latin par « signa ». Dans l'idée du Christ, la multiplication des pains ne se veut pas autre chose qu'un signe. Et par définition, un signe n'attire l'attention sur lui que pour la renvoyer à un au-delà de lui-même. On parle en linguistique de signifiant (ce qui attire d'abord notre attention) et de signifié (ce à quoi notre attention est finalement renvoyée). En l'occurrence, ce signifié, cet au-delà d'elles-mêmes auquel renvoient la multiplication des pains tout autant que la manne, c'est le

39. *Matthieu*, XXVI, 26.
40. *Jean* VI, 26.

repas eucharistique, au cours duquel le Corps du Christ est distribué aux fidèles[41]. Il s'agit, par l'image d'une nourriture matérielle, d'amener les disciples vers une nourriture plus haute, spirituelle. Or, les Juifs refusent à la multiplication des pains et à la manne ce statut de préfigurations, destinées à disparaître avec l'accomplissement de ce qu'elles signifient[42]. Ils souhaitent bien plutôt en faire une réalité ultime, autosuffisante, celle d'un paradis sur terre où le Messie ravitaillerait quotidiennement son peuple à coups de miracles. Ils ne veulent surtout pas entendre parler du signifié, ce corps de Jésus qu'ils sont appelés à manger. Le texte de Jean laisse clairement apparaître leur malaise : « Comment cet homme peut-il donner sa chair à manger ? »[43] Leur immense déception ne tarde pas à se manifester :

> *Dès ce moment, beaucoup de ses disciples se retirèrent, et ils n'allaient plus avec lui. Jésus donc dit aux Douze : « Et vous, ne voulez-vous pas aussi vous en aller ? » Simon-Pierre lui répondit : « Seigneur, à qui irions-nous ? Vous avez les paroles de la vie éternelle. Et nous, nous avons cru et nous avons connu que vous êtes le Saint de Dieu. »*[44]

À la fin du chapitre VI, les auditeurs de Jésus se scindent donc en deux groupes : ceux qui l'abandonnent et s'en retournent à leur judaïsme ; ceux qui restent auprès de lui et qui deviendront l'Église, guidée par Pierre. Vraisemblablement, ce dernier n'a pas compris plus que les autres ce dont Jésus parlait lorsqu'il affirmait vouloir donner son corps à manger. Mais il vaut la peine de noter que l'apôtre, tout comme Jésus

---

41. *Catéchisme de l'Église catholique*, § 1094 et 1335.
42. Le caractère provisoire de ces signes, l'Église le chante notamment dans le *Panis angelicus*, hymne composée par saint Thomas d'Aquin : « Dat panis cœlicus figuris terminum » (« le pain du ciel met un terme aux symboles »).
43. *Jean* VI, 52.
44. *Jean* VI, 66-69.

dans sa réponse au démon, fait passer la parole de Dieu avant toute nourriture matérielle.

Ces deux groupes qui se séparent ont des visions antagonistes du sacerdoce. Ce qu'instituera le Christ-Prêtre, c'est un sacrifice offert à Dieu, le sacrifice de Lui-même sur la croix, réactualisé de manière non sanglante à la messe[45], et auquel les fidèles sont appelés à s'associer par leurs efforts[46]. À l'inverse, avec l'attente du Messie, les Juifs ne soupirent qu'après la réalisation définitive de ce que le démon propose à Jésus : s'en tenir à l'expérience de la manne, une nourriture toute terrestre, dont on bénéficie sans avoir à accomplir le moindre effort. Dès lors, le sacerdoce qu'ils envisagent n'est plus tourné vers Dieu, mais vers eux-mêmes. Il ne vise plus que leur propre bien-être. Dans cette perspective, il s'agit moins de servir le divin que de s'en servir.

« JETEZ-VOUS EN BAS »

Voici le récit de la deuxième tentation :

> *Alors le diable le transporta dans la ville sainte, et l'ayant posé sur le pinacle du temple, il lui dit : « Si vous êtes le Fils de Dieu, jetez-vous en bas; car il est écrit : Il a donné pour vous des ordres à ses anges, et ils vous porteront dans leurs mains, de peur que votre pied ne heurte contre la pierre. » Jésus lui dit : « Il est écrit aussi : Tu ne tenteras point le Seigneur, ton Dieu. »*[47]

Après l'échec de la première tentation, le diable change de tactique. Il a remarqué que Jésus répliquait à ses avances par

45. *Catéchisme de l'Église catholique*, § 1367.
46. *Idem*, § 1141.
47. *Matthieu* IV, 5-7.

une parole de l'Écriture sainte. Il décide donc de prendre les devants en étayant sa proposition à l'aide d'un verset biblique. Le passage qu'il cite provient du psaume XCI (versets 11 et 12), qui détaille la protection accordée par Dieu à qui s'en remet à lui. Voici le fond de sa pensée : si Jésus est bien le Messie, il réalise en lui-même les annonces des prophètes. Il est donc par excellence celui qui se confie en Dieu, et que ce dernier sauvegarde en toutes choses. Il semble par conséquent impossible que Dieu laisse son protégé s'écraser au sol devant le temple même, où la divinité est censée résider.

Le noyau dur de cette tentation semble être le suivant : il s'agit ici de réduire l'Écriture sainte et le salut qu'elle annonce à la lecture qu'on en fait. Le Fils de Dieu se voit mis en demeure par une créature de valider son interprétation des paroles et des promesses divines, sans quoi elle estimera qu'il n'est pas le Fils de Dieu. C'est de cette manière que Benoît XVI analyse la deuxième tentation :

> *Dieu doit se prêter à l'expérimentation. Il est « mis à l'épreuve », comme on teste les marchandises. Il doit se soumettre aux conditions que nous considérons comme nécessaires à notre certitude. S'il n'accorde pas maintenant la protection promise par le Psaume 91 [90], alors il n'est pas Dieu. Alors il a falsifié sa parole, et de ce fait il s'est falsifié lui-même.*[48]

Vouloir forcer Dieu à correspondre à la conception et aux attentes que l'on en a, voilà le nouveau déguisement sous lequel se cache ici l'anthropothéisme. Si Dieu doit remplir les critères de la créature pour que cette dernière l'accepte en tant que tel, alors il est évident que cette créature se croit supérieure à son Créateur.

---

48. Ratzinger, Joseph, *op. cit.*, p. 57.

Satan met ici à l'épreuve la facette prophétique du Messie. Nous avons déjà vu que Jésus est un prophète. En même temps, il entretient un rapport tout particulier avec la parole de Dieu : il ne se contente pas d'annoncer cette dernière, mais il l'est, en tant que Verbe incarné[49], et il l'accomplit en lui-même[50]. En ce sens, il transcende la notion de prophète en même temps qu'il la fonde. Tous les autres prophètes, y compris ceux de l'Ancien Testament, ne le sont que par participation à l'unique prophétisme du Christ. Cette dernière remarque s'applique tout autant au sacerdoce et à la royauté de Jésus[51], désigné dans la Bible comme le « roi des rois »[52] et « le grand prêtre par excellence »[53]. Fausser le rapport privilégié du Christ à la parole de Dieu, faire en sorte qu'il accomplisse cette dernière non pas selon la volonté divine, mais selon des conceptions et des attentes de créatures blessées par le péché, tel est le projet du diable avec cette deuxième tentation.

Une fois de plus, le Christ refuse de céder aux avances du diable. Mais les Juifs de l'évangile n'y résistent pas. Et de tentés, ils se font tentateurs : à l'instar du démon, ils vont sommer Jésus de se soumettre à leur propre vision du Messie, sous peine de ne pas croire qu'il est le Fils de Dieu annoncé par les prophètes. Tout le texte de la Passion selon saint Matthieu est traversé par cet enjeu, et s'organise autour d'un double regard porté sur le crucifié. Il y a tout d'abord celui de l'évangéliste lui-même, qui relit ce douloureux événement à la lumière des prophéties qu'il accomplit :

> *Quand ils l'eurent crucifié, ils se partagèrent ses vêtements en les tirant au sort, afin que s'accomplit la*

49. *Catéchisme de l'Église catholique*, § 65.
50. *Catéchisme de l'Église catholique*, § 75.
51. *Cf. Idem*, § 783.
52. *Apocalypse* XVII, 14 et XIX, 16.
53. *Hébreux* IV, 14 (traduction liturgique de la Bible).

parole du Prophète : « Ils se sont partagés mes vêtements, et ils ont tiré ma robe au sort. »[54]

Alors même que ce sont des païens ignorants des Écritures, le centurion romain et ses subalternes, chargés de la crucifixion, finissent par rejoindre l'apôtre dans ce regard de foi :

Le centurion et ceux qui étaient avec lui pour garder Jésus, voyant le tremblement de terre et tout ce qui se passait, furent saisis d'une grande frayeur, et dirent : « Cet homme était vraiment Fils de Dieu. »[55]

Entre ces deux moments de la Passion, quelques versets laissent clairement voir l'incrédulité de l'ensemble du peuple juif, depuis l'élite religieuse jusqu'au dernier des malfrats en passant par monsieur Tout-le-monde :

On crucifia avec lui deux brigands, l'un à sa droite et l'autre à sa gauche. Et les passants l'injuriaient, branlant la tête et disant : « Toi, qui détruis le temple et le rebâtis en trois jours, sauve-toi toi-même ! Si tu es Fils de Dieu, descends de la croix ! « Les Princes des prêtres, avec les scribes et les Anciens, le raillaient aussi et disaient : « Il en a sauvé d'autres, et il ne peut se sauver lui-même ; s'il est roi d'Israël, qu'il descende maintenant de la croix, et nous croirons en lui. Il s'est confié en Dieu ; si Dieu l'aime, qu'il le délivre maintenant ; car il a dit : Je suis Fils de Dieu. » Les brigands qui étaient en croix avec lui, l'insultaient de la même manière.[56]

54. *Matthieu* XXVII, 35.
55. *Matthieu* XXVII, 54.
56. *Matthieu* XXVII, 38-44.

L'interprétation juive de la crucifixion s'effectue à rebours de la lecture chrétienne. Là où Matthieu contemple l'accomplissement de la mission messianique, les Juifs ne veulent voir qu'un échec lamentable, et la preuve que Jésus n'est pas le Messie. Comme au désert, Jésus se voit sommé de prouver son identité : ici, il ne s'agit plus de sauter du haut du temple, mais de descendre de la croix. Mais ainsi que le fait remarquer Benoît XVI, le vrai saut de Jésus, c'est son acceptation de la mort pour le rachat de l'humanité :

> *À partir de cette scène sur le pinacle du Temple, le regard s'ouvre également sur la Croix. Le Christ ne s'est pas jeté du pinacle du Temple. Il n'a pas sauté dans l'abîme. Il n'a pas mis Dieu à l'épreuve. Mais il est descendu dans l'abîme de la mort, dans la nuit de l'abandon ; il s'est exposé comme un être sans défense. Il a osé ce saut-là comme acte d'amour de Dieu pour les hommes. Et donc il savait qu'en sautant, il ne pouvait tomber finalement qu'entre les mains clémentes du Père. Ainsi apparaît le sens véritable du Psaume 91 [90], le droit à la confiance extrême et illimitée, dont il parle : celui qui fait la volonté de Dieu sait qu'au milieu de toutes les terreurs qu'il traverse, il ne perdra jamais une ultime protection. Il sait que le fondement du monde est l'amour et que, par conséquent, même là où aucun humain ne peut ou ne veut l'aider, il peut continuer à cheminer dans la confiance en Celui qui l'aime. Cette confiance, à laquelle l'Écriture nous autorise et à laquelle le Seigneur, le Ressuscité, nous invite, est quelque chose de tout à fait autre que le défi aventureux adressé à Dieu, qui voudrait faire de Lui notre serviteur.*[57]

---

57. Ratzinger, Joseph, *op. cit.*, p. 57-58.

Avec sa crucifixion, Jésus n'accomplit pas le psaume XCI selon les attentes du diable et des Juifs. Il ne renonce pas pour autant à la protection divine à laquelle il peut prétendre en tant que Fils de Dieu. Seulement, cette dernière semble effective par-delà la mort. Si la Passion (et de manière plus générale, l'Incarnation[58]...) constitue le grand saut du Fils de Dieu, on peut se demander à quel moment les anges le rattrapent et réalisent la parole citée par le démon : « Ils te porteront sur leurs mains, de peur que ton pied ne heurte contre la pierre. »[59] Cette annonce paraît s'accomplir lors de la Résurrection, trois jours plus tard... et surtout lors de l'Ascension, quand Jésus, au dire des anges eux-mêmes, présents pour l'occasion, est « enlevé au ciel »[60].

Le plan divin pour sauver l'homme de son orgueil, premier péché qui se trouve à la racine de tous les autres, consiste en un salut qui passe par la souffrance et l'humiliation du Messie. Ce sont ces dernières que refusent ses contemporains, qui pensent avoir trouvé mieux que Dieu en fait de salut : « Qu'il descende maintenant de la croix. »[61] Voilà le grand saut qu'attendent les Juifs de Jésus. Ce prodige n'aurait pas pour eux d'autre utilité que de couvrir de gloire celui qui l'effectuerait, reconnu ainsi dans son identité de Messie, et par ricochet l'ensemble de son peuple. Ces deux conceptions du salut s'avèrent radicalement incompatibles : si le Christ avait cédé et était descendu de la croix, il n'aurait pu racheter l'humanité par son sacrifice.

Avec la venue de Jésus, apparaît aussi la véritable signification du temple, qui préfigurait le corps du Christ[62] : ce sanctuaire ne constitue plus une enceinte si protégée que l'on pourrait y faire n'importe quoi, comme se jeter du haut

58. *Cf. Le Chant dans la fournaise*, *op. cit.*, p. 13-14.
59. *Psaume* XCI, 12.
60. *Actes* I, 9-11.
61. *Matthieu* XXVII, 42.
62. *Catéchisme de l'Église catholique*, § 586.

de son faîte ; il est le lieu où Dieu se rend présent et vulnérable parmi les hommes, et où il les sauve par son sacrifice. Mais là encore, le malentendu demeure entre le Christ et les Juifs sur la véritable signification de la parole de Dieu. Le ton ironique sur lequel ils lancent au crucifié « toi, qui détruis le temple et le rebâtis en trois jours... »[63] montre qu'ils n'ont pas compris qu'avec son supplice, est précisément en train de s'accomplir cette annonce du Christ : « Détruisez ce temple et je le relèverai en trois jours. »[64]

Le refus de reconnaître l'accomplissement de la parole divine s'accompagne du refus de reconnaître la présence de Dieu, s'il n'accomplit pas ce qu'on attend de lui. Lorsque le Christ répond au démon : « Il est écrit aussi : Tu ne tenteras point le Seigneur, ton Dieu »[65], il fait référence à un commandement bien précis, énoncé en ces termes dans le livre du Deutéronome : « Vous ne tenterez point Yahweh, votre Dieu, comme vous l'avez tenté à Massah. »[66] Que s'était-il passé à Massah ? Comme il souffrait de la soif dans le désert, le peuple hébreu avait récriminé contre Moïse. Sur un ordre de Dieu, ce dernier avait alors frappé un rocher dont une source avait jailli[67]. L'élément le plus intéressant de l'épisode se trouve dans le verset suivant :

> *[Moïse] donna à ce lieu le nom de Massah et Méribah, parce que les enfants d'Israël avaient contesté, et parce qu'ils avaient tenté Yahweh en disant : « Yahweh est-il au milieu de nous, ou non ? »*[68]

63. *Matthieu* XXVII, 40.
64. *Jean* II, 19.
65. *Matthieu* IV, 7.
66. *Deutéronome* VI, 16.
67. *Exode* XVII, 1-6.
68. *Exode* XVII, 7.

Cette mise à l'épreuve de la présence de Dieu, sommé de se manifester sous peine de perdre la confiance de son peuple, nous la retrouvons au pied de la croix. Là, l'élite religieuse juive, y compris les scribes, qui ont oublié leur Deutéronome en cette circonstance, donne libre cours à ses sarcasmes :

> *« Il en a sauvé d'autres, et il ne peut se sauver lui-même ; s'il est roi d'Israël, qu'il descende maintenant de la croix, et nous croirons en lui. Il s'est confié en Dieu ; si Dieu l'aime, qu'il le délivre maintenant ; car il a dit : Je suis Fils de Dieu. »*

Jésus et le diable se trouvent en accord au moins sur un point : est Fils de Dieu celui qui adhère à la parole divine. On l'a déjà vu, Satan met une condition à sa foi en cette filiation : pour qu'il y croie, le prétendu Messie doit accomplir un verset de l'Écriture. De son côté, Jésus adresse cette remarque aux Juifs qui ne veulent pas croire en lui : « Celui qui est de Dieu entend la parole de Dieu ; c'est parce que vous n'êtes pas de Dieu que vous ne l'entendez pas. »[69] Plus haut, les Juifs ont protesté de leur filiation divine : « Nous ne sommes pas des enfants de fornication ; nous avons un seul Père, qui est Dieu. »[70] La réponse de Jésus ne s'est pas fait attendre :

> *Si Dieu était votre Père, vous m'aimeriez, car c'est de Dieu que je suis sorti et que je viens ; et je ne suis pas venu de moi-même, mais c'est lui qui m'a envoyé. Pourquoi ne reconnaissez-vous pas mon langage ? Parce que vous ne pouvez entendre ma parole. Le père dont vous êtes issus, c'est le diable, et vous voulez accomplir les désirs de votre père. Il a été homicide dès le commencement, et n'est point demeuré dans la vérité, parce qu'il n'y a point de vérité en*

---

69. *Jean* VIII, 47.
70. *Jean* VIII, 41.

lui. Lorsqu'il profère le mensonge, il parle de son propre fonds ; car il est menteur, et le père du mensonge. Et moi, parce que je vous dis la vérité, vous ne me croyez pas.[71]

Qu'est-ce donc qui, aux yeux du Christ, rend ces Juifs fils du diable ? Ils ne rejettent pourtant pas les prophéties que leur ont transmises leur père. Ils en espèrent même l'accomplissement ! Ce qui suffit à transformer leur filiation divine en filiation diabolique, c'est ce déplacement infinitésimal qui consiste à attendre que la parole de Dieu s'accomplisse non pas comme Dieu le veut, mais comme eux la comprennent, « de leur propre fonds ». Le plan divin se trouve en quelque sorte pris en otage par des gens qui refusent qu'il se réalise autrement que selon leur désir. Ce qui revient à se mettre au-dessus de Dieu, à usurper sa place.

« JE VOUS DONNERAI TOUT CELA, SI, TOMBANT À MES PIEDS, VOUS M'ADOREZ »

Après avoir tenté Jésus relativement à son sacerdoce et à sa mission prophétique, le diable s'efforce de pervertir l'identité royale du Messie :

Le diable, de nouveau, le transporta sur une montagne très élevée, et lui montrant tous les royaumes du monde, avec leur gloire, il lui dit : « Je vous donnerai tout cela, si, tombant à mes pieds, vous m'adorez. » Alors Jésus lui dit : « Retire-toi, Satan ; car il est écrit : Tu adoreras le Seigneur, ton Dieu, et tu ne serviras que lui seul. » Alors le diable le laissa ; aussitôt des anges s'approchèrent, et ils le servaient.[72]

---

71. *Jean* VIII, 42-45.
72. *Matthieu* IV, 8-11.

En quoi peut-on parler ici de tentation ? Si Jésus est le Messie, n'a-t-il pas le droit de régner sur toute la terre ? Une première réponse réside dans le fait que la condition posée par Satan pour obtenir ces royaumes s'avère inacceptable. Tout simplement parce qu'en se prosternant devant le démon, on se soumet de fait au « père du mensonge »[73]. Or, Jésus lui-même assure à Pilate que sa mission royale implique la proclamation de la vérité.

> *Pilate lui dit : « Tu es donc roi ? « Jésus répondit : « Tu le dis, je suis roi. Je suis né et je suis venu dans le monde pour rendre témoignage à la vérité : quiconque est de la vérité écoute ma voix. »*[74]

Dès lors, on comprend parfaitement que Jésus refuse d'obtenir son royaume d'un falsificateur, et même du falsificateur de la vérité par excellence.

Mais il faut aller plus loin. Indépendamment du fait de se prosterner devant le diable, l'offre de ce dernier ne peut convenir au Christ. Au cours de sa Passion, celui-ci le déclarera en termes nets à Pilate : « Mon royaume n'est pas de ce monde. »[75] Il ne saurait donc se contenter de royaumes humains. Son pouvoir royal lui provient de « l'autre monde » car, ainsi que le remarque Benoît XVI, ce pouvoir nécessite préalablement la mort de Jésus :

> *Le Seigneur ressuscité réunit les siens « sur la montagne » (Mt 28, 16). Et à ce moment-là, il dit effectivement : « Tout pouvoir m'a été donné au ciel et sur la terre » (Mt 28, 18). [...] Jésus a ce pouvoir en tant que ressuscité, ce qui signifie que ce pouvoir présuppose la croix, présuppose sa mort. Il présuppose l'autre montagne*

73. *Jean* VIII, 44.
74. *Jean* XVIII, 37.
75. *Jean* XVIII, 36.

– le Golgotha –, où il meurt, suspendu à la croix, moqué par les hommes et abandonné des siens.[76]

La royauté du Christ passe par la souffrance et l'abjection. Avec cette considération, les insignes royaux attribués à Jésus pendant sa Passion acquièrent leur véritable signification. Jésus se voit alors revêtu de pourpre et couronné d'épines. Les Romains lui attribuent un roseau en guise de sceptre et s'agenouillent devant lui au cri de « Salut, roi des Juifs! »[77]. Eux-mêmes ne voient dans ces agissements qu'une bonne manière de se moquer de Jésus. Mais de manière plus profonde, ces symboles indiquent la véritable nature de la royauté christique. Cette royauté possède deux caractéristiques essentielles, assumées et dévoilées par Jésus : premièrement, son « identité transcendante » (Jésus est Dieu fait homme) ; deuxièmement, « sa mission rédemptrice comme Serviteur souffrant »[78]. Les chrétiens participent à cette unique royauté en se mettant au service de Dieu dans les autres hommes[79], et non pas en asservissant ces derniers. Lorsque le Christ affirme que « [son] royaume n'est pas de ce monde »[80], il nous met aussi en garde contre la tentation de faire passer nos constructions politiques humaines, si réussies puissent-elles être, pour le Royaume de Dieu :

> *Aucun royaume de ce monde n'est le Royaume de Dieu, la condition du salut de l'humanité par excellence. Le royaume humain reste un royaume humain, et celui qui affirme qu'il peut ériger un monde sauvé approuve l'imposture de Satan et fait tomber le monde entre ses mains.*[81]

---

76. Ratzinger, Joseph, *op. cit.*, p. 58-59.
77. *Matthieu* XXVII, 28-29.
78. *Catéchisme de l'Église catholique*, § 440.
79. *Idem*, § 786.
80. *Jean* XVIII, 36.
81. Ratzinger, Joseph, *op. cit.*, p. 63.

Ces précisions apportées, on comprend mieux en quoi consiste la troisième tentation. Satan propose à Jésus de défigurer le Royaume de Dieu en le réduisant à une réalisation humaine : pour le Messie, et pour son peuple royal tout entier, il s'agirait moins de servir Dieu et de se sacrifier pour les hommes que de se faire servir par eux. Une fois de plus, les Juifs de l'évangile succombent à cette tentation. Ils espèrent un Messie conquérant, qui rende à Israël dominé par les Romains son antique souveraineté. Après la multiplication des pains, le Christ se trouve obligé de s'enfuir, car le peuple est sur le point de « venir l'enlever pour le faire roi »[82]. Cet enthousiasme ne dure qu'un temps. Déçus dans leurs attentes d'un roi glorieux, les Juifs finissent par rejeter Jésus. Au moment de réclamer sa crucifixion, les Princes des prêtres assurent à Pilate : « Nous n'avons de roi que César. »[83] Même après la résurrection, malgré tout le travail pédagogique effectué par Jésus, les apôtres ne peuvent s'empêcher de lui demander : « Seigneur, le temps est-il venu où vous rétablirez le royaume d'Israël ? »[84] De même, les disciples sur le chemin d'Emmaüs se lamentent en ces termes sur la mort de Jésus : « Quant à nous, nous espérions que ce serait lui qui délivrerait Israël. »[85] C'est dire si l'attente d'un royaume messianique de nature politique demeure solidement ancrée dans la mentalité juive !

Selon Benoît XVI, si les Juifs optent pour la libération de Barabbas et pour la crucifixion de Jésus, c'est parce que le premier incarne les attentes qu'a déçues le second. Barabbas fonctionne comme « une figure messianique » alternative, moins bandit que « combattant de la résistance »

82. *Jean* VI, 15.
83. *Jean* XIX, 15.
84. *Actes* I, 6.
85. *Luc* XXIV, 21.

à l'occupation romaine. Le pape appuie son analyse sur un indice textuel de taille : le nom « Bar-Abbas » veut dire « fils du père »[86]. C'est ainsi qu'au fils de Dieu lui-même, les Juifs préfèrent un homme, et qu'à la royauté de service voulue par Dieu, ils substituent un pouvoir purement temporel acquis par les armes.

La difficulté qu'ont les Juifs de l'évangile à concevoir un Messie plus qu'humain, qui ne soit pas un simple descendant du roi David, transparaît dans cette discussion. De manière habile, Jésus y cite le psaume CX, rédigé par David :

> *Les pharisiens étant assemblés, Jésus leur fit cette question : « Que vous semble du Christ ? De qui est-il fils ? » Ils lui répondirent : « De David. » « Comment donc, leur dit-il, David inspiré d'en haut l'appelle-t-il Seigneur, en disant : Le Seigneur a dit à mon Seigneur : Assieds-toi à ma droite, jusqu'à ce que je fasse de tes ennemis l'escabeau de tes pieds ? Si donc David l'appelle Seigneur, comment est-il son fils ? » Nul ne pouvait rien lui répondre, et, depuis ce jour, personne n'osa plus l'interroger.*[87]

En quelques répliques très simples, Jésus fait comprendre à ses contemporains que leur attente d'un Messie purement humain repose sur une interprétation erronée de leurs propres livres saints. Peine perdue ! Les Juifs persisteront dans leur conception toute humaine de la royauté messianique. Ils rejetteront l'envoyé de Dieu pour continuer à rêver d'un Messie glorieux qui serait lui-même au service de la gloire et de la puissance de son peuple. Une manière subtile, mais bien réelle, de se croire au-dessus de Dieu…

---

86. Ratzinger, Joseph, *op. cit.*, p. 60.
87. *Matthieu*, XXII, 41-46.

L'ANCIEN TESTAMENT : CHRONIQUE D'UN ANTHROPOTHÉISME ANNONCÉ

Le refus par les Juifs du plan de Dieu, qui devient patent avec la crucifixion de Jésus, est annoncé dès l'Ancien Testament. Il ne faut pas voir dans ce rejet du Christ par les Juifs un simple accident de parcours, mais bien un aboutissement logique, en même temps que le symptôme d'une maladie spirituelle très grave : celle qui consiste à refuser la bénédiction divine si cette dernière n'arrive pas comme on l'attend... Et de nombreux épisodes de l'Ancien Testament témoignent d'un tel état d'esprit chez le peuple élu. Ce dernier oscille constamment entre le refus pur et simple du projet divin et la volonté de contrôler ce projet, de le réduire à ses attentes personnelles. Comme lors de la triple tentation du Christ au désert, cette subversion passe par la défiguration des fonctions sacerdotale, prophétique et royale.

MAISON DE DIEU OU SANCTUAIRE ROYAL ?

Sous le roi Jéroboam, le prophète Amos vitupère contre les iniquités dont se rend coupable le peuple d'Israël. Il annonce également des malheurs et des dévastations en guise de châtiments. Ainsi que le révèle la réaction d'Amasias, prêtre de Béthel[88], ces avertissements n'attirent guère que des ennuis à Amos :

> *Amasias dit à Amos : « Voyant, va-t-en, fuis au pays de Juda, et manges-y ton pain ; là tu prophétiseras. Mais ne continue pas de prophétiser à Béthel, car c'est un sanctuaire du roi, et c'est une maison royale. »*[89]

88. Cf. *Amos* VII, 10.
89. *Amos* VII, 12-13.

Afin de comprendre toute la portée de cette expulsion, il faut se souvenir que le nom « Béthel » signifie « Maison de Dieu ». Cette ville, qui auparavant s'appelait Luz, est renommée par Jacob au livre de la Genèse. Ce dernier y a en effet eu un songe dans lequel Dieu lui est apparu. À son réveil, Jacob lance coup sur coup deux exclamations : « Certainement Yahweh est en ce lieu, et moi je ne le savais pas ! » et « Que ce lieu est redoutable ! C'est bien ici la maison de Dieu, c'est ici la porte du ciel. »[90] Il faut tirer les conséquences de ces deux épisodes. Chasser de Béthel un pro-phète, c'est-à-dire étymologiquement quelqu'un qui parle au nom de Dieu, c'est signifier de manière indirecte à ce dernier qu'il n'a plus le droit de s'exprimer dans sa propre maison. Ou pire encore, que cette maison n'est plus la sienne. En l'occurrence, il semble bel et bien qu'à Dieu soit préféré le roi Jéroboam : Amasias ne définit plus Béthel comme la « maison de Dieu », mais comme « un sanctuaire du roi ».

Cela revient-il à affirmer que le roi s'y fait adorer à la place de Dieu ? Pas tout à fait... Jéroboam agit de manière bien plus subtile. Le royaume est depuis peu divisé en deux : Juda, qui a pour roi Roboam, fils de Salomon, et Israël, sur lequel règne Jéroboam. Or Jérusalem se situe sur le territoire de Juda. Jéroboam envisage donc avec une certaine inquiétude le fait que ses sujets puissent se rendre au temple de Jérusalem pour y adorer Dieu. Il craint de perdre ainsi leur attachement. Le premier livre des Rois nous raconte la suite :

Et Jéroboam dit dans son cœur : « Maintenant le royaume pourrait bien retourner à la maison de David. Si ce peuple monte pour faire des sacrifices dans la maison de Yahweh, à Jérusalem, le cœur de ce peuple retournera à son seigneur, à Roboam, roi de Juda, ils me tueront

90. Cf. *Genèse* XXVIII, 11-19.

et retourneront à Roboam, roi de Juda. » *Après s'être consulté, le roi fit deux veaux d'or, et il dit au peuple :* « *Assez longtemps vous êtes montés à Jérusalem ! Israël, voici ton Dieu, qui t'a fait monter du pays d'Égypte.* » *Il plaça l'un de ces veaux à Béthel, et il mit l'autre à Dan. Ce fut là une occasion de péché, car le peuple allait jusqu'à Dan adorer l'un des veaux. Jéroboam fit une maison de hauts lieux, et il fit des prêtres pris parmi le peuple, qui n'étaient pas des enfants de Lévi. Jéroboam institua une fête au huitième mois, le quinzième jour du mois, à l'imitation de la fête qui se célébrait en Juda, et il offrit des sacrifices sur l'autel. C'est ainsi qu'il fit à Béthel, afin que l'on sacrifiât aux veaux qu'il avait faits. Il établit à Béthel les prêtres des hauts lieux qu'il avait élevés.*[91]

Pour garder le contrôle de ses sujets, Jéroboam se montre prêt à tout : il institue deux nouveaux sanctuaires et un nouveau sacerdoce. Cette dernière précision nous explique pourquoi Amasias s'empresse tant de chasser Amos de Béthel : c'est au roi qu'il doit sa fonction de prêtre ; il ne faudrait donc surtout pas mécontenter Sa Majesté... Non content de ces deux nouveautés, Jéroboam fait encore commettre au peuple le péché d'idolâtrie. Il n'a même pas l'excuse de l'ignorance : à la sortie d'Égypte, qu'il mentionne ici, le peuple d'Israël avait déjà adoré un veau d'or, ce qui avait enflammé la colère de Dieu et de Moïse ; trois mille personnes avaient été tuées ce jour-là[92]. C'est donc en connaissance de cause que Jéroboam agit comme il le fait. Ainsi que le déplore le prophète Osée, la « Maison de Dieu » (Béthel) est devenue une « Maison de Péché » (Bet-Aven)[93].

91. *I Rois* XII, 26-32.
92. Cf. *Exode* XXXII.
93. *Osée* IV, 15.

Résumons-nous. D'un côté, Jéroboam présente à l'adoration de son peuple un veau muet. C'est bien commode : à une divinité muette on peut faire dire ce que l'on veut... De l'autre côté, lorsque la parole vivante de Dieu se manifeste sous la forme d'un prophète, il la fait chasser par ses sbires. Si ce roi ne se fait donc pas directement adorer à la place de Dieu, il tente néanmoins de contrôler ce dernier pour parvenir à ses fins personnelles.

« JE LE HAIS, CAR IL NE PROPHÉTISE SUR MOI RIEN DE BON »

Dans leur immense majorité, les successeurs de Jéroboam s'adonnent à l'idolâtrie. Mais le pire d'entre eux demeure sans doute Achab. Sous l'influence de sa femme Jézabel, il se met à adorer Baal[94]. La reine ne se contente pas d'honorer ses idoles : elle s'empresse aussi de faire massacrer les prophètes du vrai Dieu[95]. Et pourtant, Achab assiste à un certain nombre de miracles du plus grand des prophètes, Élie : pour prouver que le Seigneur est le seul Dieu authentique, celui-ci fait descendre du ciel un feu divin[96] ; il annonce aussi une averse qui, lorsqu'elle arrive, met fin à plusieurs mois de sécheresse ; enfin, il devance à pied le char du roi[97]. Tout cela dans la même journée. Témoin de ces merveilles, Achab devrait s'engager sans réserve au service du Dieu authentique. Mais non : à peine rentré chez lui, il se contente d'informer Jézabel de ce qui s'est passé, sans guère chercher à l'amener à de meilleurs sentiments. La reine se montre d'autant plus furieuse que, suite au miracle du feu, Élie a fait massacrer les

94. *I Rois* XVI, 31.
95. *I Rois* XVIII, 4.
96. cf. *I Rois* XVIII, 38.
97. cf. *I Rois* XVIII, 41-46.

quatre cent cinquante prophètes de Baal. Jézabel envoie donc un messager chargé de transmettre au prophète le message suivant : « Que les dieux me traitent dans toute leur rigueur, si demain à cette heure je n'ai pas fait de ta vie comme tu as fait de la vie de chacun d'eux! »[98] Et voilà Élie obligé de s'enfuir...

Peu de temps après, Dieu l'envoie à nouveau vers Achab. En effet, le roi a laissé sa femme faire injustement condamner à mort un certain Naboth. Ce dernier avait refusé de vendre sa vigne à Achab, qui en avait manifesté du mécontentement à Jézabel. La souveraine avait consolé son époux et l'avait assuré qu'elle arrangerait tout. Et effectivement, après un procès inique et une lapidation en bonne et due forme, tout s'était arrangé... Au moment où Élie paraît devant Achab, celui-ci se promène dans la vigne de Naboth. La réaction du roi ne se fait pas attendre : « M'as-tu trouvé, ô mon ennemi ? » Une telle entrée en matière ne laisse aucun doute sur les relations qu'entretiennent les deux hommes. Il faut préciser qu'à chaque fois qu'Élie se rend auprès d'Achab, il n'a rien de très agréable à lui annoncer. En l'occurrence, voici la prophétie que Dieu l'envoie faire au roi : « Ainsi dit Yahweh : Au lieu même où les chiens ont léché le sang de Naboth, les chiens lécheront aussi ton propre sang. »[99] Cette inimitié entre Élie et Achab n'a donc rien de personnel. Elle provient du mépris dont le second fait preuve pour les commandements et la parole de Dieu, que défend le premier.

Tout comme chez Jéroboam, surgit chez Achab la tentation de fausser la parole divine, de la réduire à ce qu'il a envie d'en entendre. Achab est alors roi d'Israël. Josaphat, le roi de Juda, vient le trouver. À cette occasion, Achab souhaite qu'Israël et Juda unissent leurs forces pour reprendre aux Syriens la ville

98. *I Rois* XIX, 2.
99. *I Rois* XXI, 1-24.

de Ramoth-en-Galaad. Josaphat propose alors de consulter Dieu sur la question[100]. Achab se range à cet avis :

> *Le roi d'Israël assembla les prophètes, au nombre de quatre cents environ, et leur dit : « Irai-je attaquer Ramoth-en-Galaad, ou m'en abstiendrai-je ? » Ils répondirent : « Monte, et le Seigneur la livrera entre les mains du roi. » Mais Josaphat dit : « N'y a-t-il plus ici aucun prophète de Yahweh, par qui nous puissions l'interroger ? » Le roi d'Israël répondit à Josaphat : « Il y a encore ici un homme par qui l'on pourrait consulter Yahweh ; mais je le hais, car il ne prophétise sur moi rien de bon, mais seulement du mal : c'est Michée, fils de Jemla. » Et Josaphat dit : « Que le roi ne parle pas ainsi ! » Alors le roi d'Israël, appelant un eunuque, lui dit : « Fais venir de suite Michée, fils de Jemla. »*[101]

Qui sont donc ces quatre cents prophètes ? Une seule chose est certaine : ils ne parlent pas au nom de Dieu. C'est même pour cette raison qu'Achab accepte de les entendre, ainsi que le prouve sa répugnance à envoyer chercher Michée. De son côté, le roi Josaphat ne fait aucun cas des quatre cents faux prophètes qui s'agitent devant lui : il en préfère un seul, mais un vrai, contrairement à son homologue. De même que Jéroboam avait inventé de toutes pièces un sacerdoce à sa solde, de même Achab ne se plaît que dans la compagnie de prophètes susceptibles de lui annoncer de bonnes nouvelles. Comme on le constate, pour tenter d'avilir les fonctions prophétiques et sacerdotales, le diable n'a guère attendu que le Christ se rende au désert...

La suite de l'histoire ressemble à une scène de comédie :

---

100. *I Rois* XXII, 1-5.
101. *I Rois* XXII, 6-9.

Le messager qui était allé appeler Michée lui parla en ces termes : « Voici que les paroles des prophètes sont unanimes pour annoncer du bien au roi ; que ta parole soit donc conforme à la parole de chacun d'eux : annonce du bien. » Michée répondit : « Yahweh est vivant ! Ce que Yahweh me dira, je l'annoncerai. » Lorsqu'il fut arrivé près du roi, le roi lui dit : « Michée, irons-nous attaquer Ramoth-en-Galaad, ou nous en abstiendrons-nous ? » Il lui répondit : « Monte et sois vainqueur, car Yahweh la livrera entre les mains du roi. » Et le roi lui dit : « Jusqu'à combien de fois t'adjurerai-je de ne me dire que la vérité au nom de Yahweh ? » Michée répondit : « Je vois tout Israël dispersé sur les montagnes, comme les brebis qui n'ont pas de berger ; et Yahweh a dit : Ces gens n'ont pas de maître ; qu'ils retournent en paix, chacun dans sa maison ! » Le roi d'Israël dit à Josaphat : « Ne te l'ai-je pas dit ? Il ne prophétise sur moi rien de bon, mais seulement du mal. »[102]

La protestation qu'adresse Michée au messager s'avère très significative : il s'insurge contre l'idée que l'on puisse traiter la parole de Dieu comme une chose morte et manipulable. Michée commence toutefois par prédire au roi ce que celui-ci souhaite entendre. Mais Achab ne s'y laisse pas prendre, ce qui achève de prouver qu'il sait très bien où se situe la vérité, même s'il refuse de l'admettre et préfère la falsifier. Voilà donc Michée contraint d'annoncer au roi la véritable parole divine. L'image du peuple privé de son berger n'augure rien de bon : elle symbolise la mort d'Achab, qui tombera effectivement lors de la bataille de Ramoth-en-Galaad[103].

Pour l'heure, un autre personnage intervient : Sédécias, qui semble être le chef de file des quatre cents faux prophètes.

102. *I Rois* XXII, 13-18.
103. *I Rois* XXII, 34-38.

Avant l'arrivée de Michée, ce personnage s'était livré à un numéro des plus curieux : il s'était affublé de cornes en fer et avait prédit à Achab qu'il encornerait les Syriens[104]. Lorsqu'il entend Michée, contraint et forcé, annoncer sa future mort au roi, il y voit une remise en cause de son professionnalisme :

Mais Sédécias, fils de Chanaana, s'étant approché, frappa Michée sur la joue et dit : « Par où l'esprit de Yahweh est-il sorti de moi pour te parler ? » Michée répondit : « Voici que tu le verras en ce jour-là où tu iras de chambre en chambre pour te cacher. » Le roi d'Israël dit : « Prends Michée, et amène-le à Amon, gouverneur de la ville, et à Joas, fils du roi. Tu leur diras : Ainsi dit le roi : Mettez cet homme en prison, et nourrissez-le du pain de l'affliction et de l'eau d'affliction, jusqu'à ce que je vienne en paix. » Et Michée dit : « Si vraiment tu reviens en paix, Yahweh n'a point parlé par moi. »[105]

L'épisode se clôt donc sur la disgrâce de Michée : le prophète se fait frapper par le charlatan Sédécias sans que le roi daigne intervenir. Achab va jusqu'à ordonner son emprisonnement ! Il ne fait décidément pas bon défendre la parole divine quand celle-ci déplaît au roi d'Israël, qui cherche à la contrôler en la falsifiant par l'intermédiaire de faux prophètes.

RESTER ROI À TOUT PRIX, QUITTE À ANNULER LE PLAN DIVIN

À la frontière de l'Ancien et du Nouveau Testament, alors que la venue du Messie est en train de se réaliser, surgit une

104. *I Rois* XXII, 11.
105. *I Rois* XXII, 24-28.

tentation radicale : empêcher la promesse divine de se réaliser plutôt que de voir bousculé le cours habituel des choses.

> *Jésus étant né à Bethléem de Judée, aux jours du roi Hérode, voici que des Mages arrivèrent d'Orient à Jérusalem, disant : « Où est le roi des Juifs qui vient de naître ? Car nous avons vu son étoile en Orient, et nous sommes venus l'adorer. » Ce que le roi Hérode ayant appris, il fut troublé, et tout Jérusalem avec lui. Il assembla tous les Princes des prêtres et les scribes du peuple, et s'enquit auprès d'eux où devait naître le Christ. Ils lui dirent : « À Bethléem de Judée, selon ce qui a été écrit par le prophète : Et toi, Bethléem, terre de Juda, tu n'es pas la moindre parmi les principales villes de Juda, car de toi sortira un Chef qui doit paître Israël, mon peuple. » Alors Hérode, ayant fait venir secrètement les Mages, apprit d'eux la date précise à laquelle l'étoile était apparue. Et il les envoya à Bethléem en disant : « Allez, informez-vous exactement de l'Enfant, et lorsque vous l'aurez trouvé, faites-le-moi savoir, afin que moi aussi j'aille l'adorer. »*[106]

De toute évidence, l'arrivée du véritable roi d'Israël prend les grands de ce monde au dépourvu. Elle met en émoi Hérode et Jérusalem, la capitale de son royaume. Sont-ils prêts à accueillir le Messie ? Le souhaitent-ils ? Hérode a du moins le mérite de se renseigner auprès des scribes, experts officiels de la Parole de Dieu. Mais le caractère secret de l'entrevue qu'il a avec les Mages ne présage rien de bon. Si l'intention du monarque avait vraiment été d'adorer le nouveau-né, Dieu ne lui aurait pas refusé cette grâce. Or, une fois qu'ils ont trouvé Jésus dans la crèche, Dieu demande aux étrangers de

---

106. *Matthieu* II, 1-8.

ne pas donner suite à la demande d'Hérode, ce qui provoque la rage de celui-ci :

> *Mais ayant été avertis en songe de ne point retourner vers Hérode, ils regagnèrent leur pays par un autre chemin. [...] Alors Hérode, voyant que les Mages s'étaient joués de lui, entra dans une grande colère, et envoya tuer tous les enfants qui étaient dans Bethléem et dans les environs, depuis l'âge de deux ans et au-dessous, d'après la date qu'il connaissait exactement par les Mages.*[107]

Le projet meurtrier du roi échouera, car dans l'intervalle, un ange a donné l'ordre a Joseph de s'enfuir en Égypte avec Marie et Jésus[108].

Ce que nous laisse clairement entrevoir cet épisode, ce sont les dispositions d'un roi qui connaît et qui croit à la promesse divine d'un Messie royal, mais qui refuse de la voir s'accomplir, du moins de son vivant. Bien installé sur son trône, Hérode préfère essayer d'annuler la parole de Dieu plutôt que de perdre sa place. Pour satisfaire leurs convenances personnelles, Jéroboam avait déjà institué un faux sacerdoce et Achab entretenait une myriade de faux prophètes. Hérode, pour rester roi, va tenter de supprimer le Roi des rois, celui-là même qui se trouve au fondement de toute royauté. Autant dire qu'Hérode n'a pas compris grand-chose à la véritable signification de son propre statut de roi...

Si dès l'Ancien testament, prophétisme, royauté et sacerdoce font l'objet de défigurations, de torsions et de pressions dans le but de les mettre au service d'individus et non de Dieu, c'est d'abord parce qu'ils préfigurent les trois missions du Christ, auxquelles s'attaquera Satan dans le désert. Le Christ est l'Oint par excellence, et les prêtres,

---

107. *Matthieu* II, 12 ; 16.
108. *Matthieu* II, 13-15.

les prophètes et les rois de l'Ancien Testament participent à cette unique onction[109] qu'ils annoncent. Pour cette raison, leur mission est souvent inaugurée par une onction d'huile : c'est le cas d'Aaron, le premier prêtre[110], mais aussi de Saül, le premier roi[111], ou encore de prophètes comme Élisée[112]. Les tentations du Christ dans le désert ne constituent donc que l'aboutissement logique d'un long projet luciférien : faire en sorte que les hommes détournent à leur propre profit les grâces qu'ils reçoivent de Dieu. Dans une telle démarche, Dieu n'est plus servi mais utilisé, réduit à un moyen.

---

109. *Catéchisme de l'Église catholique*, § 783-786.
110. Cf. *Exode* XXX, 22-33.
111. Cf. *I Samuel* X, 1.
112. Cf. *I Rois* XIX, 16.

CHAPITRE II

L'ANTHROPOTHÉISME : CŒUR DU JUDAÏSME QUI REJETTE LE CHRIST

« JÉRUSALEM, JÉRUSALEM, TOI QUI TUES LES PROPHÈTES »

La tentation de contrôler Dieu, de détourner ou d'annuler sa parole et ses lois apparaît donc dès l'Ancien Testament. Peut-être trouvera-t-on sévère d'établir un lien entre d'une part les pires rois d'Israël qui persécutent les prophètes, et d'autre part les Juifs qui, dans les évangiles, rejettent Jésus. Mais cette sévérité est celle du Christ lui-même, qui s'en prend avec virulence à l'élite religieuse de son peuple :

« Malheur à vous, scribes et pharisiens hypocrites, qui bâtissez les tombeaux des prophètes et ornez les monuments des justes, et qui dites : Si nous avions vécu aux jours de nos pères, nous n'aurions pas été leurs complices pour verser le sang des prophètes. Ainsi vous rendez contre vous-mêmes ce témoignage, que vous êtes les fils de ceux

qui ont tué les prophètes. Comblez donc la mesure de vos pères! Serpents, race de vipères, comment éviterez-vous d'être condamnés à la géhenne? C'est pourquoi voici que je vous envoie des prophètes, des sages et des docteurs. Vous tuerez et crucifierez les uns, vous battrez de verges les autres dans vos synagogues, et vous les poursuivrez de ville en ville : afin que retombe sur vous tout le sang innocent répandu sur la terre, depuis le sang du juste Abel jusqu'au sang de Zacharie, fils de Barachie, que vous avez tué entre le temple et l'autel. En vérité, je vous le dis, tout cela viendra sur cette génération. Jérusalem, Jérusalem, qui tue les prophètes et lapide ceux qui lui sont envoyés! Que de fois j'ai voulu rassembler tes enfants, comme une poule rassemble ses poussins sous ses ailes, et vous ne l'avez pas voulu! »[113]

Avec cette prédiction, Jésus fait un lien explicite entre ceux qui ont jadis persécuté les prophètes et ses auditeurs juifs, qui martyriseront la première génération chrétienne, Il impute même à ceux-ci l'ensemble des meurtres d'innocents racontés dans la Torah : le meurtre d'Abel est en effet le premier, raconté au premier livre du canon juif[114], et celui de Zacharie le dernier, relaté au dernier livre[115].

De manière corrélative, Jésus fait de ceux qui souffriront pour son nom les héritiers spirituels des prophètes :

Heureux serez-vous, lorsque les hommes vous haïront, vous repousseront de leur société, vous chargeront d'opprobre, et rejetteront votre nom comme infâme, à cause du Fils de l'homme. Réjouissez-vous en ce jour-là, et tressaillez de joie, car voici que votre récompense est

113. *Matthieu* XXIII, 29-37.
114. *Genèse* IV, 1-15.
115. *II Chroniques* XXIV, 20-22.

grande dans le ciel : c'est ainsi que leurs pères traitaient les prophètes.[116]

À l'inverse, il assimile ceux qui refusent de se voir persécutés pour lui aux faux prophètes de l'Ancien Testament :

Malheur à vous, quand tous les hommes diront du bien de vous, car c'est ce que leurs pères faisaient à l'égard des faux prophètes ![117]

Saint Étienne, le premier martyr, reprend ce discours du Christ face à ses accusateurs et devant le grand-prêtre qui le juge :

Hommes à la tête dure, incirconcis de cœur et d'oreilles, vous résistez toujours au Saint-Esprit; tels furent vos pères, tels vous êtes. Quel prophète vos pères n'ont-ils pas persécuté? Ils ont même tué ceux qui annonçaient d'avance la venue du Juste; et vous, aujourd'hui, vous l'avez trahi et mis à mort. Vous qui avez reçu la Loi, en considération des anges qui vous l'intimaient, et vous ne l'avez pas gardée !...[118]

Quant à saint Paul, voici en quels termes il parle des Juifs :

Ces Juifs qui ont mis à mort le Seigneur Jésus et les prophètes, nous ont persécutés, ne plaisent point à Dieu et sont ennemis du genre humain.[119]

Établir un lien de continuité entre la persécution des prophètes de l'Ancien Testament et celle du Christ, puis

116. *Luc* VI, 22-23.
117. *Luc* VI, 26.
118. *Actes* VII, 51-53.
119. *I Thessaloniciens* II, 15.

des chrétiens s'avère donc parfaitement légitime. Et nous avons déjà vu qu'au fondement de ces diverses oppressions, se trouve une seule et même disposition d'esprit, désormais bien identifiée : l'anthropothéisme, c'est-à-dire la volonté de se faire Dieu à la place de Dieu. Une image corporelle semble caractériser cette attitude dans la Bible : celle de la « nuque raide », qui est reprochée tout autant par Dieu à Israël[120] que par saint Étienne à ses accusateurs[121]. Cette nuque raide constitue par synecdoque l'illustration parfaite de celui qui refuse de courber l'échine devant Dieu, qui déclare en lui-même : « Je ne servirai pas. »[122]

Et pourtant, à côté des rois Jéroboam et Achab, les pharisiens du temps de Jésus semblent exemplaires : ils n'adorent pas d'idoles et affichent un grand zèle pour l'observance de la loi divine. Quel est donc leur problème ? Une lecture superficielle et pourtant très répandue des évangiles a accrédité l'idée suivante : les pharisiens respectent la loi divine mais ils ont oublié l'amour du prochain. Comme si l'un et l'autre s'opposaient ! Comme si l'amour du prochain ne s'incarnait pas dans l'observance fidèle de la loi divine... Cette thèse erronée est actuellement utilisée dans l'Église contre ceux qui s'obstinent à condamner le divorce et les actes homosexuels. C'est oublier un peu vite que dans l'évangile, Jésus lui-même défend l'indissolubilité du mariage face aux pharisiens[123]. Voici la conclusion logique de ceux qui soutiennent cette erreur : la Loi défendue par les pharisiens est mauvaise et Jésus vient l'abolir. Rien de plus faux, ainsi que l'affirme le Christ : « Ne pensez pas que je sois venu abolir la Loi ou les Prophètes ; je ne suis pas venu les abolir, mais les accomplir. »[124] Où se situe donc le véritable problème

120. *Exode* XXXIII, 3 ; *Deutéronome* IX, 6.
121. *Actes* VII, 51.
122. *Jérémie* II, 20.
123. Cf. *Matthieu* XIX, 3-9.
124. *Matthieu* V, 17.

des pharisiens ? Le judaïsme de ces derniers est mauvais non parce qu'ils respecteraient la loi, mais parce qu'ils profitent de la loi pour faire avancer leurs petits intérêts personnels :

Alors des scribes et des pharisiens venus de Jérusalem s'approchèrent de Jésus, et lui dirent : « Pourquoi vos disciples transgressent-ils la tradition des anciens ? Car ils ne se lavent pas les mains lorsqu'ils prennent leur repas. » Il leur répondit : « Et vous, pourquoi transgressez-vous le commandement de Dieu par votre tradition ? Car Dieu a dit : Honore ton père et ta mère ; et : Quiconque maudira son père ou sa mère, qu'il soit puni de mort. Mais vous, vous dites : Quiconque dit à son père ou à sa mère : Ce dont j'aurais pu vous assister, j'en ai fait offrande, — n'a pas besoin d'honorer autrement son père ou sa mère. Et vous mettez ainsi à néant le commandement de Dieu par votre tradition. Hypocrites, Isaïe a bien prophétisé de vous quand il a dit : Ce peuple m'honore des lèvres, mais son cœur est loin de moi. C'est en vain qu'ils m'honorent, en donnant des préceptes qui ne sont que des commandements venant des hommes. »[125]

Ces quelques versets nous présentent les pharisiens très attachés à d'innombrables petites observances, mais aussi très habiles pour se décharger de certaines obligations fondamentales, comme celle d'assister leurs vieux parents. Contrairement à l'idée reçue, les scribes et les pharisiens ne gardent pas fidèlement la parole et les commandements de Dieu : ils y effectuent un véritable tri entre ce qui peut leur servir et ce qui les dérange. D'autres propos de Jésus trahissent chez eux le même état d'esprit :

125. *Matthieu* XV, 1-9.

Malheur à vous, scribes et pharisiens hypocrites, parce que, sous le semblant de vos longues prières, vous dévorez les maisons des veuves ! C'est pourquoi vous subirez une plus forte condamnation. Malheur à vous, scribes et pharisiens hypocrites, parce que vous courez les mers et la terre pour faire un prosélyte, et, quand il l'est devenu, vous faites de lui un fils de la géhenne, deux fois plus que vous ! Malheur à vous, guides aveugles, qui dites : Si un homme jure par le temple, ce n'est rien ; mais s'il jure par l'or du temple, il est lié. Insensés et aveugles ! lequel est le plus grand, l'or, ou le temple qui sanctifie l'or ? Et encore : Si un homme jure par l'autel, ce n'est rien ; mais s'il jure par l'offrande qui est déposée sur l'autel, il est lié. Aveugles ! lequel est le plus grand, l'offrande, ou l'autel qui sanctifie l'offrande ? Celui donc qui jure par l'autel, jure par l'autel et par tout ce qui est dessus ; et celui qui jure par le temple, jure par le temple et par celui qui y habite ; et celui qui jure par le ciel, jure par le trône de Dieu et par celui qui y est assis. Malheur à vous, scribes et pharisiens hypocrites, qui payez la dîme de la menthe, de l'aneth et du cumin, et qui négligez les points les plus graves de la Loi, la justice, la miséricorde et la bonne foi ! Ce sont ces choses qu'il fallait pratiquer, sans omettre les autres. Guides aveugles, qui filtrez le moucheron, et avalez le chameau ! Malheur à vous, scribes et pharisiens hypocrites, parce que vous nettoyez le dehors de la coupe et du plat, tandis que le dedans est rempli de rapine et d'intempérance. Pharisien aveugle, nettoie d'abord le dedans de la coupe et du plat, afin que le dehors aussi soit pur.[126]

En quelques phrases, Jésus nous dépeint donc l'élite religieuse de son peuple comme des gens très pointilleux dans

126. *Matthieu* XXIII, 14-26.

certains domaines, mais beaucoup moins dans d'autres... Des gens prêts à voler et à mentir pour parvenir à leurs fins, tout en prétendant justifier leurs méfaits par la Loi. Une fois de plus, nous assistons à un détournement de la parole de Dieu, qui se voit mise au service des hommes et de leurs égoïsmes. Les pharisiens sont donc les héritiers de ceux qui tuaient les prophètes non pas seulement parce qu'ils mettront à mort le Christ et les premiers chrétiens. Ils le sont de manière bien plus fondamentale, dans la mesure où « ils anéantissent la parole de Dieu par la tradition qu'ils enseignent »[127].

« FORT CONTRE DIEU »

Pour bien comprendre à quel point volonté de supplanter Dieu et judaïsme semblent étroitement liés, il faut remonter plus loin dans le temps, et se rendre aux sources même de la vocation d'Israël. Le terme « Israël » apparaît pour la première fois dans le livre de la Genèse, lorsque le deuxième fils d'Isaac, jusqu'alors nommé Jacob, reçoit de Dieu ce nouveau nom :

> *Jacob resta seul; et un homme lutta avec lui jusqu'au lever de l'aurore. Voyant qu'il ne pouvait le vaincre, il le toucha à l'articulation de la hanche, et l'articulation de la hanche de Jacob se démit pendant qu'il luttait avec lui. Et il dit à Jacob : « Laisse-moi aller, car l'aurore se lève. » Jacob répondit : « Je ne te laisserai point aller que tu ne m'aies béni. » Il lui dit : « Quel est ton nom? « Il répondit : « Jacob. » Et il dit : « Ton nom ne sera plus Jacob, mais Israël, car tu as combattu avec Dieu et avec des hommes, et tu l'as emporté. » Jacob l'interrogea, en disant : « Fais-moi, je te prie, connaître ton nom. » Il*

127. *Marc* VII, 13.

dit : « Pourquoi demandes-tu quel est mon nom ? » Et il le bénit là. Jacob nomma ce lieu Phanuel; « car, dit-il, j'ai vu Dieu face à face, et ma vie a été sauve ». Et le soleil se leva quand il eut passé Phanuel, mais il boitait de la hanche.[128]

La vocation d'Israël s'enracine donc dans un moment bien particulier, celui d'une lutte avec un être identifié à Dieu lui-même. Le moins que l'on puisse dire, c'est qu'un tel départ semble annonciateur de relations compliquées entre le peuple élu et son Créateur. D'autant plus que Jacob sort vainqueur de cette lutte. Cette victoire contre Dieu n'a rien d'anecdotique : elle devient le nom même de Jacob et de ses descendants. En effet, jusqu'à la publication de la nouvelle traduction liturgique de la Bible (2013), voici comment on lisait le verset 29 dans toutes les églises de France : « On ne t'appellera plus Jacob, mais Israël (ce qui signifie : "Fort contre Dieu"). »[129]

Ce nom, « Fort contre Dieu », a donné lieu à des interprétations très différentes. Selon le *Catéchisme de l'Église catholique*, « la tradition spirituelle de l'Église a retenu de ce récit le symbole de la prière comme combat de la foi et victoire de la persévérance »[130]. Toutefois, selon saint Augustin, cet antagonisme entre Dieu et son peuple, manifesté dès le commencement, annonce aussi la future victoire des Juifs sur Jésus-Christ, lors de la crucifixion :

Ce nom lui fut donné par l'ange qui lutta contre lui à son retour de Mésopotamie et qui était la figure de Jésus-Christ. L'avantage qu'il voulut bien que Jacob remportât

128. *Genèse* XXXII, 25-32.
129. Depuis 2013, la traduction liturgique est devenue la suivante : « Ton nom ne sera plus Jacob, mais Israël (c'est-à-dire : Dieu lutte). »
130. *Catéchisme de l'Église catholique*, § 2573.

signifie le pouvoir que Jésus-Christ donna sur lui aux Juifs au temps de sa passion.[131]

Si ces deux interprétations s'éloignent l'une de l'autre dans des directions diamétralement opposées, il ne faut pas pour autant en conclure qu'elles sont exclusives l'une de l'autre. Elles représentent tout l'enjeu de la vocation contenue dans ce nom : la manière bien spécifique dont Dieu invite son peuple à lui être fidèle, et corrélativement, la manière même dont celui-ci peut le trahir en détournant cette vocation dans son intérêt propre. Ce nom exprime donc tout à la fois un appel et un risque, rendu possible par la liberté que Dieu laisse à ses enfants.

De fait, la tentation de vaincre Dieu accompagne Israël dès ses premiers instants. Elle mènera ceux qui y succomberont au bout de leur logique, c'est-à-dire à rejeter, puis à tuer Dieu dans la personne du Christ. Les autres, en recevant Jésus comme l'authentique Messie, conduiront le judaïsme à son véritable accomplissement, le christianisme. Cette ambivalence du peuple élu, saint Augustin la voit à l'œuvre dès l'origine :

Le même Jacob fut béni et boiteux : béni en ceux du peuple juif qui ont cru en Jésus-Christ, et boiteux en ceux qui n'y ont pas cru, car l'endroit le plus large de la cuisse marque une postérité nombreuse. En effet, il y en a beaucoup plus parmi ses descendants en qui cette prophétie s'est accomplie : « Ils se sont égarés du droit chemin, et ont boité. »[132]

Comme le raconte le livre de la Genèse, Jacob se bat contre Dieu pour lui arracher une bénédiction immédiate.

131. Augustin, *La Cité de Dieu*, livre XVI, chapitre 39, traduction de Pierre Lombert.
132. Augustin, *La Cité de Dieu, Ibidem.* La citation est issue du Psaume 18, verset 46.

D'une telle attitude ne sera pas très éloignée celle des Juifs de l'évangile : ceux-ci se cramponneront à leur vision du messianisme et rejetteront le véritable Messie, exigeant de Dieu une bénédiction et un salut qui répondent à leurs attentes tout humaines.

« CAPTER DIEU POUR SOI-MÊME »

Les lignes qui précèdent nous montrent que, dès l'origine, il existe un risque inhérent à Israël, celui de vouloir supplanter Dieu. Il ne faudrait pas pour autant condamner l'ensemble du judaïsme. Ainsi que le rappellent les propos de saint Augustin précédemment cités, il a existé un bon judaïsme, celui de tous ceux qui attendaient le Messie d'un cœur sincère et disponible : celui de Siméon et d'Anne[133], celui de la sainte Vierge et des Apôtres. En ce sens, le christianisme n'a rien contre le judaïsme bien compris ; au contraire, il mène ce dernier à son accomplissement. En revanche, il s'insurge contre une déviance du judaïsme, celle qui le rend incapable de reconnaître Celui qu'il attend.

Les éléments matériels liés à l'annonce du Messie (l'abondance de pain, le royaume) étaient essentiellement des figures charnelles de réalités plus spirituelles, qu'elles annonçaient. Dieu s'était servi de ces figures charnelles dans un but pédagogique. Les Juifs leur ont refusé leur statut de signifiant, de préfiguration. Ils ont préféré y voir la réalité ultime, non pas l'image de l'avènement messianique, mais l'avènement messianique lui-même. Du point de vue des Juifs, Jésus arrive comme celui qui vient leur confisquer leur rêve de satiété, de puissance et de gloire. En outre, le judaïsme perçoit le christianisme comme une menace permanente

133. Cf. *Luc* II, 25-38.

pour sa propre survie : que les Juifs croient en Jésus, et le judaïsme disparaît, absorbé dans une religion qui prétend le parachever. À l'inverse, du point de vue du christianisme traditionnel, les Juifs ont voulu détourner à leur propre profit, un profit temporel, le plan divin de salut pour tous. Ce point de vue, l'historien et journaliste François Fetjö, qui avait lui-même des ancêtres juifs, l'a exprimé de manière on ne peut plus nette dans son essai *Dieu et son Juif* :

Vous êtes le peuple jaloux par excellence. C'est là votre vérité et votre mensonge, c'est là votre malédiction…

En fait, ces termes de l'alliance portent bien la marque de votre esprit à vous. C'est vous qui portez le nom de jaloux, c'est vous qui exigez de Dieu qu'il ne traitât point avec d'autres peuples, qu'il répudiât tous ses autres enfants.

Tout ou rien : c'était là votre devise et non la sienne. Enfants tyranniques, vous le désiriez tout pour vous. Sous prétexte d'en faire votre seul Seigneur, votre seul Maître, votre seul Roi, en fait, ce Dieu, vous vous acharniez à le faire descendre à votre niveau, à le dominer, à en faire l'esclave et l'instrument de votre expansion nationale…

Rien de moins généreux, rien de plus possessif que votre amour pour Dieu…

Tout simplement, vous vouliez être comme lui, vous substituer à lui, prendre sa place. Rien moins que cela !

Vous êtes un peuple jaloux. Dieu avec vous ! Et avec vous seulement, pour vous seulement, grâce à vous…

L'idée de partager Dieu avec d'autres vous paraissait inadmissible. Et vous paraissait également insupportable l'idée de votre inégalité, de votre infériorité à son égard. Pourquoi tout pour lui et rien pour vous ? Pourquoi lui tout-puissant et vous impuissants ? Pourquoi, lui, peut-

il prendre tout ce qui vous appartient s'il lui plaît : vos femmes, votre mère, vos sœurs, vos filles, vos troupeaux, votre terre, tandis que vous autres, vous n'avez qu'à vous incliner devant l'expression de sa volonté ? C'est injuste ! criiez-vous. Ce n'est pas une alliance entre égaux, c'est une servitude. Ce n'est pas un contrat, c'est un diktat...

Et voilà que surgit dans votre âme, dans les bas-fonds de votre conscience collective, ces quartiers où l'on n'ose guère s'aventurer une fois la nuit tombée, ce rêve indicible, monstrueux, de le faire disparaître d'une manière ou d'une autre, de vous substituer à lui, devenir comme lui, être Dieu.

Vous n'avez pas mis longtemps à vous transformer d'Adam en Caïn, à tuer Abel, c'est-à-dire le meilleur d'entre vous, celui dont l'offrande avait été acceptée...

Tout en proclamant l'existence d'un Dieu unique pour l'univers, le Juif s'obstine à vouloir capter ce Dieu pour lui-même, exclure tous les autres de l'alliance...[134]

Revenons à la question posée au début de cet ouvrage : dans quelle mesure existe-t-il une collusion entre le judaïsme post-chrétien et l'anthropothéisme ? À cette question, il est désormais possible de répondre. Les Juifs attendaient un Messie que Dieu leur avait promis. Ils s'imaginaient que ce Messie serait pour eux une source éternelle de puissance, d'honneurs et de richesses. Mais lorsque le Christ s'est manifesté pauvre et humble, lorsqu'ils ont constaté qu'il ne transigerait pas avec leurs interprétations biaisées et intéressées de la Loi et des prophètes, ils l'ont rejeté. Ils l'ont crucifié, sans pouvoir toutefois ignorer qu'il était le Messie, car il avait réalisé bien des miracles. Ils ont refusé que le

---

134. Fetjö, François, *Dieu et son Juif, essai hérétique,* Bernard Grasset, Paris, 1960, p. 104-109. Cité par Poncins, Léon de, *Les Juifs et le Concile Vatican II,* 1965, réédition Kontrekulture, 2014, p. 82-83.

plan divin connaisse une autre réalisation que celle dont ils voulaient, celle qui arrangeait leurs intérêts. De manière très subtile mais bien réelle, ils se sont donc placés au-dessus de Dieu en prétendant contrôler ses projets, et même en tentant de les annuler. Ce rejet de Jésus par ses contemporains juifs ne constitue pas un simple accident survenu il y a deux mille ans. Il joue de nos jours encore un rôle central dans le judaïsme, sans quoi cette religion n'existerait plus aujourd'hui. Car dans l'intervalle, le monde est devenu majoritairement chrétien. La survie du judaïsme est par conséquent adossée à ce refus délibéré du Christ, qui est devenu le cœur du système théologique juif. Dans ces conditions, qu'il soit ou non consciemment assumé, l'anthropothéisme ne représente pas un simple épiphénomène du judaïsme, mais son cœur le plus obscur, sa vie la plus intime.

CHAPITRE III

L'ÉGLISE ET LE JUDAÏSME AUJOURD'HUI

Les quelques lignes qui vont suivre ne prétendent pas dresser un bilan intégral des rapports qu'entretient actuellement l'Église avec le judaïsme. Il s'agira simplement ici de soulever certains points gravement problématiques. Rappelons d'abord brièvement la position adoptée par l'Église pendant des siècles à l'égard du judaïsme. En premier lieu, les papes ont toujours enseigné la responsabilité du peuple juif dans la mort du Christ, ce qui ne fait pas pour autant d'eux des nazis avant l'heure. Dans l'encyclique même où il condamne le racialisme nazi (dès 1937 !), Pie XI rappelle cette responsabilité, en déclarant que Jésus « a reçu son humaine nature d'un peuple qui devait le crucifier »[135]. Les papes ont également toujours établi une distinction très nette entre le judaïsme d'avant le Christ et celui d'après. Les différents documents pontificaux condamnent le second comme une trahison du premier. C'est ainsi qu'en écrivant

135. Pie XI, *Mit brennender Sorge*, n° 20.

à saint Louis le 9 mai 1244, Innocent IV affirme que les Juifs « ont laissé de côté et méprisé la loi de Moïse et les prophètes, pour suivre certaines traditions de leurs aînés »[136]. En 1320, Jean XXII déplore que certains chrétiens se mettent à judaïser ; après enquête, il condamne aussi le Talmud, qui « contient d'innombrables erreurs, abus et blasphèmes »[137]. S'ils réprouvent sans appel le judaïsme, les papes exhortent néanmoins les chrétiens à le tolérer, dans l'espoir que les Juifs se tournent vers le christianisme. En attendant cette conversion, ils estiment que les pouvoirs publics doivent protéger les âmes des chrétiens en limitant l'influence juive dans la société : d'où les ghettos, le port de signes distinctifs, etc...[138] Tel était l'enseignement de l'Église sur le judaïsme jusqu'au milieu du XXe siècle.

LA RÉVOCATION DE L'ANCIENNE ALLIANCE : UNE FAUSSE QUESTION

Dès que les documents émis par le Vatican abordent la question du judaïsme actuel, le lecteur peut s'attendre à y voir rappelé le fait que Dieu n'a pas révoqué l'Ancienne Alliance. En voici un exemple parmi d'autres, extrait des *Notes pour une correcte présentation des Juifs et du judaïsme dans la prédication et la catéchèse de l'Église catholique* :

---

136. « ...omissis seu contemptis lege Mosayca et prophetis quasdam traditiones seniorum suorum sequuntur... » Cf. la bulle « Impia Judeorum perfidia », in *Chartularium Universitatis Parisiensis, sub auspiciis Consilii generalis Facultatum parisiensium*, Paris, éditions des frères Delalain, 1889, vol. 1, p. 173.

137. « ...quosdam Judaeorum ipsorum libros, qui Talmutz nominantur, per se et alios fidei zelatores inspectos reperit errores innumerabiles, abusiones et blasphemias continere... » Cf. la bulle « Dudum felicis recordationis », in *Annales ecclesiastici denuo excusi et ad nostra usque tempora perducti ab Augustino Theiner*, Barri-Ducis, Ludovicus Guerin, 1872, tome 24, p. 128.

138. C'est en ce sens qu'il faut par exemple comprendre la bulle *Cum nimis absurdum* du pape Paul IV (1555), où toutes ces mesures (et d'autres) sont ordonnées.

Le Saint Père a présenté cette réalité permanente du peuple juif, avec une remarquable formule théologique, dans son allocution aux représentants de la communauté juive de l'Allemagne Fédérale à Mayence, le 17 novembre 1980 : « ... le peuple de Dieu de l'Ancienne Alliance, qui n'a jamais été révoquée... »[139]

Que l'Ancienne Alliance n'a pas fait l'objet d'une révocation de la part de Dieu, personne ne le conteste. Dès le XIIIe siècle, saint Thomas d'Aquin se montre on ne peut plus clair sur le sujet, tout en distinguant les préceptes moraux (les dix commandements) des préceptes cérémoniels (comme la circoncision) :

On peut dire que la loi ancienne subsiste à jamais. Pour les préceptes moraux, c'est vrai absolument et sans réserve ; pour les préceptes cérémoniels, c'est vrai quant à la réalité qu'ils figuraient.

Le mystère de la rédemption du genre humain a été accompli à la passion du Christ lorsque le Seigneur déclara : « Tout est consommé » (Jn 19, 30). C'est à ce moment que les dispositions légales durent cesser complètement, la réalité qu'elles figuraient étant désormais accomplie. Pour en témoigner, le voile du temple se déchira pendant la passion du Christ (Mt 27, 51). [140]

De même, les documents de la Commission pour les relations religieuses avec le judaïsme insistent à l'envi sur la continuité entre l'Ancienne et la Nouvelle Alliance :

139. Commission pour les relations religieuses avec le judaïsme, *Notes pour une correcte présentation des Juifs et du judaïsme dans la prédication et la catéchèse de l'Église catholique,* mai 1985, n° 3. Le pape mentionné est Jean-Paul II. On peut consulter ce document sur le site du Vatican (http://www.vatican.va)

140. Saint Thomas d'Aquin, *Somme théologique,* traduction des Éditions du Cerf, *prima secundae,* question 103, article 3, solutions 1 et 2.

Dans le commentaire des textes bibliques, sans minimiser les éléments originaux du christianisme, on mettra en lumière la continuité de notre foi avec celle de l'Alliance ancienne, dans la ligne des promesses.[141]

Là encore, qui songerait à contester cette continuité? Un tel positionnement est en lui-même irréprochable. Mais nous verrons plus loin pourquoi les documents publiés par le Vatican insistent tant sur le sujet.

Les problèmes commencent lorsque des deux premières affirmations, ces textes tirent la conséquence suivante : les catholiques auraient tout intérêt à étudier le judaïsme post-chrétien, dans lequel ils trouveraient un aliment pour leur foi. Voici deux exemples de telles allégations :

Sur le plan concret de l'exégèse, les chrétiens peuvent, néanmoins, apprendre beaucoup de l'exégèse juive pratiquée depuis plus de deux mille ans et, de fait, ils ont appris beaucoup au cours de l'histoire.[142]

Au plan théologique, les chrétiens ont besoin de se référer au judaïsme du temps de Jésus pour comprendre qui ils sont, et aussi, dans une certaine mesure, au judaïsme qui s'est développé au cours des siècles à partir de lui.[143]

Ces conclusions s'appuient de manière implicite sur le présupposé suivant : il existe non seulement une continuité entre le judaïsme de l'Ancienne Alliance et le catholicisme de

141. Commission pour les relations religieuses avec le judaïsme, *Orientations et suggestions pour l'application de la déclaration conciliaire « Nostra Ætate » (N. 4)*, Rome, le 1er décembre 1974. On peut consulter ce document sur le site du Vatican (http://www.vatican.va)
142. Commission pontificale biblique, *Le peuple juif et les saintes écritures dans la bible chrétienne,* 2001, § 22. Cette affirmation est reprise par le cardinal Ratzinger lui-même dans la préface du texte : « [Le document] ajoute que les chrétiens peuvent apprendre beaucoup de l'exégèse juive pratiquée depuis plus de 2000 ans. »
143. Commission pour les relations religieuses avec le judaïsme, *« Les dons et l'appel de Dieu sont irrévocables » (Rm 11, 29) : une réflexion théologique sur les rapports entre Catholiques et Juifs à l'occasion du 50ème anniversaire de Nostra Ætate (N. 4)*, 10 décembre 2015, § 14.

la Nouvelle Alliance, mais aussi et surtout entre le judaïsme de l'Ancienne Alliance et le judaïsme actuel. Un présupposé éminemment discutable... mais que lesdits documents se gardent bien de discuter. Tout au plus nous apprennent-ils, de manière tout à fait incidente, que le judaïsme a opté pour « une nouvelle lecture de l'Écriture » à partir de la destruction du Temple de Jérusalem en 70 :

> *Le Temple ayant cessé d'être le centre de la dévotion religieuse juive, les rabbins développèrent un mode particulier de lecture et d'interprétation de l'Écriture, à l'exemple de ce que faisaient les pharisiens*[144].

Le terme « pharisien » devrait alerter le lecteur. Quand on sait ce que Jésus pensait des pharisiens, de leur manière intéressée de pratiquer la religion et de détourner la parole divine pour leur profit personnel[145], il y a franchement de quoi s'inquiéter sur l'évolution du judaïsme au premier siècle...

Mais à Rome, on ne semble guère se préoccuper outre mesure de ce tournant pharisaïque. Au contraire, on s'efforce de démontrer à propos du Christ que « ses rapports avec les pharisiens ne furent pas totalement ni toujours polémiques »[146]. L'allégation a en elle-même de quoi faire sourire, tant l'expression « pas totalement ni toujours » vient en restreindre la portée. Elle s'avère typique de certains documents ecclésiaux de ces dernières décennies, dont le discours, à force de nuances, ne semble pas pouvoir progresser autrement qu'en s'annulant lui-même. Les « nombreux

---

144. *Idem*, § 30.
145. Cf. le chapitre « Jérusalem, Jérusalem, toi qui tues les prophètes ».
146. Commission pour les relations religieuses avec le judaïsme, *Notes pour une correcte présentation des Juifs et du judaïsme dans la prédication et la catéchèse de l'Église catholique, op. cit.*, III, § 5.

exemples » invoqués ne convainquent pas. Reprenons-les un à un :

– « Ce sont des pharisiens qui préviennent Jésus du danger qu'il court (Lc 13, 31) », nous déclare-t-on. Mais dans le passage évoqué, on peut se demander si l'intention des pharisiens est si charitable que le suggère le document. Voici très exactement ce qu'ils disent à Jésus : « Retirez-vous et partez d'ici ; car Hérode veut vous faire mourir. » Cherchent-ils vraiment à l'aider ou à se débarrasser de sa présence ? De plus, la réponse de Jésus (« Allez et dites à ce renard... »[147]) laisse entendre que les pharisiens entretiennent des relations assez cordiales avec Hérode pour pouvoir parler avec lui. Ils se situeraient donc plutôt dans le camp d'Hérode que dans celui du Christ.

– « Des pharisiens sont loués, comme le « scribe » de Mc 12, 34 », affirme-t-on encore. Effectivement, voici ce que raconte l'évangéliste Marc à propos de ce scribe :

> *Jésus, voyant qu'il avait répondu avec sagesse, lui dit : « Tu n'es pas loin du royaume de Dieu. » Et personne n'osait plus lui poser de questions.*

Si la réplique du Christ représente un encouragement pour le scribe, le contexte polémique ne se laisse pas oublier pour autant, comme le suggère la phrase qui la suit immédiatement. On peut même se demander si ce scribe ne vient pas de se faire aimablement « piéger » par Jésus. En manifestant que tous deux se trouvent d'accord, le Christ place cet homme dans une position très inconfortable vis-à-vis de la foule et de ses collègues. Sinon, comment comprendre le fait que plus personne n'ose questionner Jésus, alors que celui-ci vient de complimenter son interlocuteur ?

---

147. *Luc* XIII, 32.

– « Jésus mange avec des pharisiens (Lc 7, 36; 14, 1) » constitue le dernier des trois « nombreux exemples » invoqués par le document[148]. Ce dernier omet soigneusement d'évoquer le fait que les deux repas mentionnés deviennent eux-mêmes des occasions de confrontation entre Jésus et les pharisiens. Lors du premier repas, une femme de mauvaise vie fait irruption dans la maison de Simon. Ce pharisien met alors en doute la qualité de prophète de Jésus, ainsi que sa faculté de pardonner les péchés[149]. Pendant le deuxième repas, l'apparition d'un hydropique déclenche des tensions autour de la question suivante : « Est-il permis de faire une guérison le jour du sabbat? »[150] À l'occasion de ce banquet, saint Luc note que les pharisiens observent Jésus[151]. On peut donc légitimement se demander si l'invitation « dans la maison d'un des principaux pharisiens »[152] relève de la simple gentillesse ou si elle a été lancée à des fins stratégiques.

On le voit, ces tentatives de rendre les relations entre Jésus et les pharisiens moins mauvaises qu'elles n'ont été se révèlent peu probantes à l'examen. Elles témoignent en tout cas d'une certaine volonté romaine de minimiser le fossé infranchissable qui se creuse entre le Christ et un judaïsme déviant, bien représenté par les scribes et les pharisiens de son époque. L'objectif de cette manœuvre n'est rien d'autre que d'occulter la distance qui sépare le judaïsme de l'Ancien Testament du judaïsme post-chrétien, héritier du pharisaïsme. Pour mesurer cette distance, il suffit d'avoir en mémoire les propos de la Bienheureuse Anne-Catherine Emmerich, au début du XIXe siècle :

---

148. Commission pour les relations religieuses avec le judaïsme, *Notes pour une correcte présentation des Juifs et du judaïsme dans la prédication et la catéchèse de l'Église catholique, op. cit.*, III, § 5.
149. *Luc* VII, 36-50.
150. *Luc* XIV, 3.
151. *Luc* XIV, 1.
152. *Ibidem.*

Fions-nous à Dieu! aimait-elle à dire, et tenons à notre sainte foi. Y a-t-il quelque chose de plus consolant sur la terre? Quelle religion, ou quelle philosophie pourrait la remplacer? Je plains par-dessus tout les Juifs. Ils sont pires à cet égard et plus aveugles que les païens eux-mêmes. Leur religion n'est plus qu'un conte de rabbins et la malédiction du Seigneur repose sur eux.[153]

Lorsque j'étais petite, raconta-telle, mon père me prenait souvent avec lui quand il allait à Coesfeld acheter quelque chose chez un marchand juif. J'étais toujours saisie de pitié à la vue de ce malheureux homme et souvent je ne pouvais m'empêcher de pleurer amèrement de ce qu'ils sont si endurcis et ne veulent pas du salut qui leur est offert. Combien ils sont à plaindre! Ils n'ont aucune idée des vieux saints Juifs tels que je les vois. Les Juifs actuels descendent des anciens Juifs pervertis par le pharisaïsme. La misère et l'aveuglement de ces hommes ont toujours fait sur moi une profonde impression et pourtant j'ai souvent trouvé qu'on peut très bien parler de Dieu avec eux. Pauvres, pauvres Juifs! Ils ont autrefois possédé vivant le germe du salut : mais ils n'en ont pas reconnu le fruit et ils l'ont rejeté. Et maintenant ils ne le cherchent même pas.[154]

Insister sur le fait que Dieu n'a pas révoqué l'Ancienne Alliance lorsque l'on parle du judaïsme actuel ou que l'on s'adresse à certains de ses représentants, encourager les catholiques à trouver dans le judaïsme d'aujourd'hui un aliment pour leur foi, c'est manifester au mieux son ignorance, au pire sa malhonnêteté intellectuelle. Car cela revient à affirmer implicitement qu'il existe une continuité

153. SCHMOEGER, Karl Erhard, *Vie d'Anne-Catherine Emmerich*, traduit de l'allemand par Edmond de Cazalès, Paris, Ambroise Bray, 1868, tome premier, p. 456-457.
154. *Idem*, p. 24-25

entre cette Ancienne Alliance et ce judaïsme post-chrétien, ce que nie toute la tradition catholique jusqu'au XXe siècle, la Bienheureuse Emmerich ne représentant qu'un exemple parmi de nombreux autres. La question de la révocation de l'Ancienne Alliance se révèle donc être une fausse question, destinée à donner le change et à dissimuler le véritable problème, celui de la rupture entre l'Ancienne Alliance et le judaïsme d'aujourd'hui.

ÉVANGÉLISER LES JUIFS, UNE SHOAH SPIRITUELLE ?

Si le judaïsme actuel était l'héritier du judaïsme de l'Ancienne Alliance, il mènerait de lui-même les Juifs à la conversion au christianisme. En effet, l'Ancien Testament ne constitue rien d'autre qu'un parcours pédagogique destiné à préparer Israël à la venue de Jésus-Christ. En témoigne l'épisode évangélique bien connu des disciples d'Emmaüs, à qui Jésus vient expliquer toutes les saintes écritures à partir de lui-même[155]. Cet épisode figure d'ailleurs à titre d'exemple dans la préface de l'un des documents déjà cités, *Le peuple juif et les saintes écritures dans la bible chrétienne*[156]. On peine donc à comprendre la raison pour laquelle on trouve les lignes suivantes dans le corps du même document :

> *Tous les textes, y compris ceux qui, par la suite, ont été lus comme des prophéties messianiques, ont eu une valeur et une signification immédiates pour les contemporains, avant d'avoir une signification plus pleine pour les auditeurs futurs. Le messianisme de Jésus a un sens nouveau et inédit. Le premier but du prophète*

155. *Luc* XXIV, 27.

156. COMMISSION PONTIFICALE BIBLIQUE, *Le peuple juif et les saintes écritures dans la bible chrétienne, op. cit.*, préface du cardinal Ratzinger.

est de mettre ses contemporains en mesure de comprendre les événements de leur temps avec le regard de Dieu. Il y a donc lieu de renoncer à l'insistance excessive, caractéristique d'une certaine apologétique, sur la valeur de preuve attribuée à l'accomplissement des prophéties. Cette insistance a contribué à rendre plus sévère le jugement des chrétiens sur les Juifs et sur leur lecture de l'Ancien Testament : plus on trouve évidente la référence au Christ dans les textes vétérotestamentaires et plus on estime inexcusable et obstinée l'incrédulité des Juifs.[157]

Ces lignes affirment très clairement que la lecture chrétienne de l'Ancien Testament se focalise trop sur la personne du Christ. Mais comment pourrait-il en aller autrement s'il s'agit d'une lecture authentiquement *chrétienne* ? Peut-il vraiment exister un excès dans une lecture christo-centrée de la Bible dès lors que Jésus lui-même se définit comme « l'Alpha et l'Oméga, le premier et le dernier, le commencement et la fin »[158] ? Au moment de l'épisode d'Emmaüs, lui-même ne reproche-t-il pas aux disciples le fait d'être des « hommes sans intelligence, et dont le cœur est lent à croire tout ce qu'ont dit les Prophètes »[159], précisément parce qu'ils n'interprètent pas ces anciennes prophéties à la lumière de sa propre vie ? Mais apparemment, de telles considérations n'arrêtent en rien les auteurs du document : le Christ, assurent-ils, prend trop de place dans la lecture que font les chrétiens de l'Ancien Testament. Et cela fait tort au judaïsme...

Certains prélats se montrent donc prêts à minimiser l'importance du Christ dans l'Ancien Testament dans le seul but de ne pas froisser les Juifs. Pourquoi un tel revirement

157. *Idem,* II, A, 5, 21.
158. *Apocalypse* XXII, 13.
159. *Luc* XXIV, 25.

dans l'Église catholique ? À cause de la Shoah, bien sûr. Celle-ci est « un événement qui nous concerne tous aujourd'hui encore »[160], écrivait en 1998 le Cardinal Cassidy, au nom de la Commission du Saint-Siège pour les relations religieuses avec le judaïsme. Nous avons déjà évoqué dans le précédent ouvrage à quel point la Shoah est aujourd'hui sortie du domaine de l'enquête historique pour entrer dans un autre espace, dogmatique et sacré[161]. Il faut désormais prendre conscience que ce processus est pleinement assumé et encouragé par l'Église catholique au sommet de sa hiérarchie :

> *Un tel événement ne peut être pleinement mesuré uniquement par les critères ordinaires de la recherche historique. Il exige une « mémoire morale et religieuse » et, en particulier parmi les chrétiens, une réflexion extrêmement sérieuse sur les causes qui le provoquèrent.*[162]

Une « mémoire morale et religieuse » de la Shoah... Cette expression du cardinal Cassidy a été cautionnée par les plus hautes autorités ecclésiastiques, puisque le document s'ouvre sur une lettre d'encouragement du pape Jean-Paul II.

Conformément à ce qui est annoncé dans la précédente citation, le document s'interroge donc sur les causes de la Shoah... Après avoir reconnu que celle-ci « fut l'œuvre d'un régime néo-païen moderne typique »[163], il glisse la question suivante :

---

160. Commission du saint-siège pour les relations religieuses avec le judaïsme, *Nous nous souvenons : une réflexion sur la Shoah*, 16 mars 1998, partie I, « La tragédie de la Shoah et le devoir de mémoire ». On peut consulter ce document sur le site du Vatican (http://www.vatican.va)

161. Cf. Martin, Antoine, *Le Chant dans la fournaise : de la nécessaire insoumission chrétienne face aux nouvelles théologies*, *op. cit.*, p. 65-74.

162. Commission du Saint-Siège pour les relations religieuses avec le Judaïsme, *Nous nous souvenons : une réflexion sur la Shoah*, *op. cit.*, partie II, « Ce dont nous devons nous souvenir ».

163. *Idem*, partie IV, « L' antisémitisme nazi et la Shoah ».

Toutefois, on peut se demander si la persécution des juifs par les nazis n'a pas été facilitée par les préjugés anti-juifs enracinés dans les esprits et les cœurs de certains chrétiens.[164]

Une autre question ne tarde pas à suivre la précédente :

Les chrétiens apportèrent-ils toute l'aide possible aux personnes persécutées, et en particulier aux juifs persécutés ?[165]

Il s'avère impossible de répondre à de telle interrogations. À la lecture, on ne comprend guère où les auteurs du documents veulent en venir, jusqu'à ce que l'on en arrive aux lignes suivantes, qui apportent cette réponse :

Il est impossible de savoir combien de chrétiens dans des pays occupés ou gouvernés par les puissances nazies ou par leurs alliés étaient horrifiés par la disparition de leurs voisins juifs, mais pourtant pas assez courageux pour élever leur voix en signe de protestation. Pour les chrétiens, ce poids écrasant qui pèse sur la conscience de leurs frères et sœurs lors de la Seconde Guerre mondiale doit être un appel à la repentance.[166]

On saisit désormais où le document voulait nous emmener : à l'idée qu'il existerait une responsabilité collective de la Shoah, dans l'espace et dans le temps. Les chrétiens de la fin du XXe siècle (et nous-mêmes encore, sans aucun doute), qui pour beaucoup n'ont pas même connu les années quarante, se doivent de faire repentance pour un péché qu'ils n'ont jamais

164. *Ibidem.*
165. *Ibid.*
166. *Ibid.*

commis. Le document se clôt sur un avertissement lancé contre les « semences empoisonnées de l'anti-judaïsme et de l'antisémitisme », comme s'il s'agissait d'une seule et même réalité[167]. Comme s'il n'existait pas la tradition bien attestée d'un anti-judaïsme chrétien, pratiqué par de nombreux Pères de l'Église : saint Jean Chrysostome[168], saint Justin[169], ou encore saint Augustin[170]... un anti-judaïsme visant non pas l'extermination des Juifs, mais bien leur conversion.

Ce texte ne marque qu'une étape dans le processus de soumission progressive de la doctrine catholique aux exigences de certains lobbies, à coups de chantage à la Shoah[171]. Un aboutissement a sans doute été atteint par un document publié plus récemment, le 10 décembre 2015 :

> *On comprendra facilement dès lors que la notion de « mission aux juifs » est une question extrêmement délicate et sensible pour les juifs car, à leurs yeux, elle touche à l'existence même du peuple juif. C'est aussi une question problématique pour les chrétiens pour qui le rôle salvifique universel de Jésus Christ et donc la mission universelle de l'Église ont une importance fondamentale. Pour cette raison, l'Église a été amenée à considérer l'évangélisation des juifs, qui croient dans le Dieu unique, d'une manière différente de celle auprès des peuples ayant une autre religion et une autre vision du monde. En pratique, cela signifie que l'Église catholique ne conduit et ne promeut aucune action missionnaire institutionnelle spécifique en direction des juifs. Mais alors que l'Église rejette par principe toute mission institutionnelle auprès des juifs, les*

---

167. *Idem*, partie V, « Tournés ensemble vers un avenir commun ».
168. Auteur de huit *Discours contre les Juifs*.
169. Auteur d'un *Dialogue avec le Juif Tryphon*.
170. Auteur d'un *Contre les Juifs*.
171. Cf. sur ce sujet : Poncins, Léon de, *Les Juifs et le Concile Vatican II*, 1965, réédition Kontrekulture, 2014, 326 p.

chrétiens sont néanmoins appelés à rendre témoignage de leur foi en Jésus Christ devant les juifs, avec humilité et délicatesse, en reconnaissant que les juifs sont dépositaires de la Parole de Dieu et en gardant toujours présente à l'esprit l'immense tragédie de la Shoah.[172]

Ce paragraphe constitue un véritable scandale pour tous ceux qui gardent à l'esprit ce cri de saint Paul : « Malheur à moi si je n'annonce pas l'Évangile ! »[173] En faisant figurer dans les mêmes lignes le risque d'extinction du judaïsme par conversion au christianisme et la mention de la Shoah, on suggère qu'il existe un lien analogique entre les deux : la conversion massive des Juifs au christianisme représenterait l'équivalent d'une Shoah spirituelle. Certes, la question de l'évangélisation des Juifs « touche à l'existence même » de ce peuple. Mais ce dernier constat vaut pour l'ensemble des non-chrétiens : si l'on évangélise tous les non-chrétiens et qu'ils choisissent de se convertir, il n'y aura effectivement plus de non-chrétiens... Et alors ? Si le Christ est la vie éternelle à laquelle tout homme est appelé à participer ? Réjouissons-nous pour ces conversions ! Assimiler l'évangélisation à une tentative de Shoah spirituelle n'est rien d'autre qu'un mensonge abject, qui consiste à faire passer une œuvre de vie pour une œuvre de mort. C'est aussi une tentative d'intimidation, visant à décourager tout prêtre à qui viendrait la mauvaise idée d'annoncer le Christ aux Juifs. Vous souhaitez évangéliser Israël ? Vous êtes donc un nazi sur le plan spirituel. Il s'agit là d'une véritable inversion accusatoire : si Shoah spirituelle il y a, elle sera essentiellement le fait de ces prélats qui auront interdit à l'Église catholique d'annoncer le Christ aux Juifs,

---

172. Commission pour les relations religieuses avec le judaïsme, *« Les dons et l'appel de Dieu sont irrévocables » (Rm 11, 29) : une réflexion théologique sur les rapports entre Catholiques et Juifs à l'occasion du 50ème anniversaire de Nostra Ætate (N. 4)*, 10 décembre 2015, § 40.
173. *1 Corinthiens* 9, 16.

privant ces derniers de la seule voie de salut possible et les condamnant ainsi à brûler en enfer.

Si, selon les auteurs du documents, l'évangélisation de l'Église ne doit pas viser les Juifs, c'est aussi pour la raison suivante :

> *Du point de vue théologique, le fait que les juifs prennent part au salut de Dieu est indiscutable; mais comment cela est possible, alors qu'ils ne confessent pas explicitement le Christ, demeure un mystère divin insondable.*[174]

Il est tout à fait faux de dire que « les Juifs ne confessent pas explicitement le Christ » : ils ne le confessent pas du tout (à moins que l'on ne parle d'un autre Christ que Jésus ; mais de qui donc ?), sans quoi ils seraient devenus chrétiens. Dans ces conditions, on ne voit guère de quelle manière ils participeraient déjà au salut offert par Jésus. Apparemment, les auteurs du document ne le savent pas non plus : aussi invoquent-ils un « mystère divin insondable »... C'est bien commode... On se trouve ici bien loin de l'opinion traditionnelle, exprimée plus haut dans les paroles de la Bienheureuse Anne-Catherine Emmerich : « La malédiction du Seigneur repose sur eux. »[175] Cette dernière conviction, elle, a du moins le mérite de s'ancrer directement dans l'enseignement de Jésus :

> *Celui qui croit au Fils a la vie éternelle; mais celui qui ne croit pas au Fils ne verra pas la vie; mais la colère de Dieu demeure sur lui.*[176]

---

174. *« Les dons et l'appel de Dieu sont irrévocables », op. cit.*, § 36.
175. Voir chapitre précédent.
176. *Jean* III, 36.

Mais que voulez-vous ? Jésus prêchait il y a deux mille ans et Anne-Catherine Emmerich vivait au début du XIXe siècle... Depuis, le concile Vatican II est passé par là :

S'il est vrai que l'Église est le nouveau Peuple de Dieu, les Juifs ne doivent pas, pour autant, être présentés comme réprouvés par Dieu ni maudits, comme si cela découlait de la Sainte Écriture.[177]

Voici une dernière « bonne raison » pour l'Église de ne pas annoncer le Christ aux Juifs, toujours d'après le document de décembre 2015 :

Bernard de Clairvaux disait que, pour les juifs, « un point déterminé dans le temps a été fixé et ne peut pas être anticipé » (De cons. III/I,3).[178]

Cette citation fait allusion à la tradition bien attestée selon laquelle « tout Israël » se convertira au christianisme à la fin des temps[179]. Toutefois, de la certitude que la conversion de l'ensemble des Juifs n'aura lieu qu'à cette époque, les auteurs tirent la conclusion erronée qu'il ne faut pas les évangéliser dès maintenant, en invoquant une fois de plus le « mystère » comme alibi :

Nous sommes confrontés ici au mystère de l'œuvre de Dieu : il ne s'agit pas de déployer des efforts missionnaires pour convertir les juifs, mais plutôt d'attendre l'heure voulue par le Seigneur où nous serons tous unis et où

177. Paul VI, *Nostra Ætate,* Rome, le 28 octobre 1965, n° 4.
178. *« Les dons et l'appel de Dieu sont irrévocables », op. cit.,* § 36.
179. *Cf. Catéchisme de l'Église catholique,* § 674. Voir aussi LÉMANN, Augustin, *l'Avenir de Jérusalem, espérances et chimères,* 1901, conclusion, chapitre 3, « À quand l'entrée d'Israël dans l'Église », où l'auteur, références à l'appui, dresse la liste des nombreux Pères de l'Église partageant cette opinion.

« tous les peuples [l']invoqueront [...] d'une seule voix et le serviront sous un même joug » (Nostra Ætate, n. 4).[180]

C'est oublier un peu vite que Dieu se sert volontiers des causes secondes, et notamment des hommes, pour faire aboutir ses projets. C'est oublier aussi et surtout que si les Juifs dans leur ensemble ne rejoindront l'Église qu'à la fin des temps, des conversions individuelles demeurent toujours possibles. Certains Juifs sont mêmes devenus des saints après leur conversion : Nazaire, Joseph de Scythopolis, Abraham d'Éphèse, Catherine de Louvain pour n'en citer que quelques-uns[181]. Plus récemment, Véronique Lévy, la sœur du célèbre Bernard-Henri Lévy, a témoigné dans un livre de sa conversion au catholicisme[182]. Il y a aussi Jean-Marie Elie Setbon, cet ancien rabbin qui, lorsqu'il évoque son itinéraire spirituel, ne se prive pas de critiquer le dialogue entre Juifs et chrétiens tel qu'il se pratique actuellement :

Il est certain qu'il vaut mieux dialoguer que se taper dessus. Mais si on échange en passant sous silence ce qui fâche, ça ne sert à rien. Dans le dialogue, chacun, chrétien comme Juif, doit assumer ce qu'il croit et ne pas se renier pour faire plaisir ou pour plaire à l'autre. Si les chrétiens ont peur de parler de Jésus, ce n'est plus un échange. Chaque partie doit respecter l'autre dans ce qu'il est et dans ce qu'il croit mais sans avoir honte de parler de ce qu'elle vit.[183]

J'aimerais donc rencontrer un catholique en dehors du cadre d'une église. Cependant, je ne sais pas comment

180. *« Les dons et l'appel de Dieu sont irrévocables », op. cit.*, § 37.

181. Cf. Aulisa, Immacolata. *Les juifs dans les récits chrétiens du haut Moyen Âge*. Traduction de l'italien par Françoise Lenoir. Paris : CNRS éditions, 2015, chapitre 3, « Juifs et conversions ».

182. Lévy, Véronique. *Montre-moi ton visage*. Paris : Éditions du Cerf, 2015. 336 p.

183. Setbon, Jean-Marie Élie. *De la kippa à la croix : Conversion d'un Juif au catholicisme*. Paris : Salvator, 2013, p. 75. Originellement cité par le site http://lesalonbeige.blogs.com

y parvenir. En effet, l'Église catholique n'est jamais venue vers moi. Les Témoins de Jéhovah, oui, je m'en souviens ! Mais aucun catholique ne m'a jamais abordé dans la rue. Je n'ai jamais reçu de lettre du curé dans ma boîte aux lettres non plus. [...] À ce moment-là, je me pose une question : où sont les catholiques ? Lorsqu'on les cherche, on ne sait pas où les trouver ![184]

Il existe donc bien dès aujourd'hui, sans attendre la fin des temps, un devoir d'évangéliser les Juifs, tout comme les autres non-chrétiens.

VERS UNE JUDAÏSATION DU CHRISTIANISME

Au XIXe siècle, Théodore et Alphonse Ratisbonne, deux frères juifs convertis au catholicisme, avaient fondé la Congrégation Notre-Dame de Sion[185]. À l'origine, cet institut avait pour « but principal » de « seconder la grâce divine dans la grande œuvre de la conversion des Juifs »[186]. Dans le deuxième moitié du XXe siècle, l'institut connaît une profonde mutation... si bien qu'en 1994, au moment de présenter son Centre chrétien d'études juives — St Pierre de Sion (Ratisbonne), situé à Jérusalem, deux religieux de cet ordre peuvent écrire les lignes suivantes :

Le maintien, entre parenthèses, du nom de Ratisbonne rappelle les fondateurs de nos congrégations, dont on sait qu'ils étaient juifs, qu'ils étaient devenus prêtres

184. *Idem*, p. 125.
185. Dont faisait partie sœur Emmanuelle.
186. *Dictionnaire encyclopédique de la théologie catholique, rédigé par les plus savants professeurs et docteurs en théologie de l'Allemagne catholique moderne,* publié par les soins du Dr Wetzer et du Dr Welte, traduit de l'allemand par I. Goschler, Paris, Frères Gaume et J. Duprey éditeurs, 1864, tome XXII, p. 214.

catholiques et qu'ils avaient fondé la famille religieuse de Notre-Dame de Sion avec comme but apostolique la conversion des juifs. Maintenir le nom de Ratisbonne n'est pas persévérer dans l'intention de convertir les juifs. Les religieux et les religieuses ont explicitement éliminé cette finalité de leurs constitutions, et c'est précisément parce qu'ils l'ont éliminée qu'ils ne veulent ni oublier, ni dissimuler l'origine par rapport à laquelle ils ont changé et évolué.[187]

On le voit, non seulement il n'existe plus de volonté de « convertir les Juifs », mais encore les auteurs de l'article se sentent-ils obligés de rédiger cette mise au point gênée, comme pour s'excuser d'avoir conservé entre parenthèses le nom de leurs fondateurs, associé à la volonté de convertir les Juifs ! En effet, ainsi qu'ils le confient plus loin, cette mention des frères Ratisbonne leur a valu « quelques difficultés avec certains amis juifs »[188].

Mais au fait, que fait-on dans un Centre chrétien d'études juives ? La suite de l'article répond de manière précise à cette question :

La première année d'études, après une introduction aux fêtes juives de l'automne, Rosh Hashanah, Kippur, Sukkot et Simhat Torah, comporte un 1er semestre, d'octobre à janvier, et un 2e semestre, de février à juin. Le premier semestre met l'accent sur l'apprentissage de l'hébreu et sur la connaissance du pays, mais comporte déjà des cours d'introduction au judaïsme et à la lecture du Nouveau Testament situé dans son contexte juif.

---

187. Lenhardt , Pierre, Fritz, Manreena, « Ratisbonne, un Centre chrétien d'études juives à Jérusalem », *in* Revue SIDIC XXVII, 1994/2, « *Le nouveau catéchisme catholique et les Juifs* », p. 25-27. On peut lire l'ensemble de cet article sur le site www.notredamedesion.org.
188. *Ibidem.*

Le 2e semestre propose surtout des études de textes faites à partir de l'original dans les domaines principaux où s'exprime la Tradition d'Israël : Prière, Rashi (commentaire de l'Écriture), Midrash et Talmud. Des conférences, le plus souvent données par des maîtres juifs, éclairent certains aspects de la Tradition et de l'histoire d'Israël, font rencontrer l'insondable réalité de la Shoah, permettent de suivre l'actualité politique, sociale et religieuse du peuple juif en Terre d'Israël.[189]

Un tel programme suscite plusieurs interrogations. Autant ce genre d'études prend tout son sens dans une perspective d'évangélisation d'Israël, autant l'on peut se demander quelle est son utilité pour des chrétiens dès lors que l'on a renoncé à la conversion des Juifs... En outre, cet enseignement fait la part belle aux commentaires de la Torah. Cette dernière ne semble pas étudiée pour elle-même. Les rédacteurs de l'article s'en expliquent par l'importance croissante prise par les commentaires par rapport aux Écritures elles-mêmes... au point de parler de « Torah orale » ou de « Parole de Dieu orale » :

Il s'agit d'études juives qui portent avant tout sur la Tradition vivante d'Israël telle que les juifs l'étudient et l'enseignent pour la vivre. Ceci suppose la médiation des maîtres juifs qui nous ont enseigné, qui nous enseignent encore et qui soutiennent notre enseignement. Un tel appui est nécessaire parce que la Tradition d'Israël, selon les maîtres pharisiens et leurs successeurs jusqu'à aujourd'hui, est Torah orale, Parole de Dieu qui se transmet de maître à élève. [...] Ce Centre est chrétien parce que nous voulons précisément que notre Église retrouve un élément constitutif fondamental du patrimoine commun au

189. *Ibid.*

peuple chrétien et au peuple juif : la Tradition comme Parole de Dieu orale, qui est une avec la Parole de Dieu écrite, avec l'Écriture.[190]

En préférant les commentaires de la Torah à cette dernière, les responsables du Centre ne font donc qu'imiter ce qui se pratique aujourd'hui dans le judaïsme. Or, les deux auteurs de l'article admettent sans aucune difficulté que le judaïsme actuel puise abondamment dans l'héritage du pharisaïsme... Et l'on sait maintenant quel rôle ont joué les pharisiens dans le détournement et la trahison de la loi de Moïse[191]. La conclusion s'impose d'elle-même : appeler « Parole de Dieu orale » ou « Torah orale » les innombrables commentaires humains qui viennent biaiser ou édulcorer les exigences de la loi de Dieu, c'est faire entrer l'anthropothéisme dans le judaïsme par la porte de l'exégèse.

De fait, certaines affirmations de ces commentaires laissent clairement transparaître cette mentalité de l'homme qui se fait Dieu :

Les âmes des juifs ont le privilège d'être une part de Dieu même. Les âmes des autres peuples de la terre viennent du diable et sont semblables à celles des brutes.[192]

On le voit, cet anthropothéisme va de pair avec un incroyable sentiment de supériorité à l'égard des non-Juifs. Voilà des décennies que l'on a demandé à l'Église de renoncer

---

190. *Ibid.*

191. Cf. le chapitre « Jérusalem, Jérusalem, toi qui tues les prophètes ».

192. Cité par DELASSUS, Henri, *La Conjuration antichrétienne : le Temple Maçonnique voulant s'élever sur les ruines de l'Église Catholique,* Lille, Desclée de Brouwer, 1910, tome III, p. 1125. L'ensemble de l'appendice II (La loi des Juifs depuis la dispersion), p. 1120-1129, constitue une présentation intéressante du Talmud. Mgr Delassus a puisé ces affirmations du Talmud dans l'ouvrage suivant : ROHLING, Auguste, *Le Juif selon le Talmud,* Paris : Albert Savine, 1889, p. 91-92, où l'on trouve les références exactes de ces citations.

à ce que Jules Isaac appelait « l'enseignement du mépris »[193]. Mais qu'en est-il du mépris à l'égard des *goyim* ? Les chrétiens doivent-ils vraiment faire leur l'étude de textes qui insultent les non-Juifs et distillent par endroits une mentalité judéothéiste ? Eh bien, oui, nous assurent les deux religieux de Notre-Dame de Sion :

> *Nos études se font en pleine conformité avec les orientations de l'Église et elles sont soutenues par des facultés de théologie dont le nombre s'accroît. Elles reçoivent donc déjà de bons encouragements. Il faut cependant faire mieux encore et propager davantage les études juives dans les facultés de théologie, dans les séminaires, dans les congrégations religieuses et dans les diocèses. Ces études ne sont pas seulement bonnes pour quelques spécialistes, elles sont nourrissantes pour tous les chrétiens. La bataille est bien engagée, mais elle n'est pas gagnée.*[194]

Les rédacteurs de l'article ne se trompent pas lorsqu'ils affirment se trouver en plein accord avec l'Église sur la question des études juives. On a déjà vu que certains documents ecclésiaux estiment que les chrétiens ont besoin de se référer à l'exégèse juive post-chrétienne pour nourrir leur foi[195]. Ce principe, l'institut Notre-Dame de Sion l'applique aussi dans les établissements scolaires dont il a la charge. Voici un aperçu de ses « fondamentaux » en matière d'éducation :

> *Sur le plan spirituel : [...] aider les chrétiens à prendre conscience des sources juives de leur foi afin*

193. Cf. Isaac, Jules. *L'enseignement du mépris : vérité historique et mythes théologiques.* Paris : Fasquelle, 1962. 195 p.
194. Lenhardt , Pierre, Fritz, Manreena, *idem.*
195. Cf. le chapitre « La révocation de l'Ancienne Alliance : une fausse question ».

de les accompagner dans la découverte de Jésus-Christ. La catéchèse proposée ouvre ainsi chaque jeune à la connaissance et à l'estime du judaïsme d'hier et d'aujourd'hui.[196]

On le voit, non seulement il est rigoureusement défendu d'annoncer le Christ aux Juifs, mais encore doit-on enseigner le judaïsme actuel aux chrétiens. Cela ne revient-il pas à exposer ces derniers à un grave danger spirituel ? En effet, les pages précédentes ont suffisamment montré que le judaïsme, dans le refus même du Christ, s'est mué en anthropothéisme. Le christianisme et le judaïsme bien entendus filent dans deux directions diamétralement opposées. Celle du judaïsme l'amènera à accueillir l'Antéchrist, selon les dires de nombreux Pères de l'Église[197]. Dès lors, que prétend-on au sommet de la hiérarchie ecclésiale en voulant mettre les chrétiens à l'école du judaïsme d'aujourd'hui ? Leur inculquer la spiritualité de l'homme qui se fait Dieu ?

L'institut Notre-Dame de Sion ne constitue qu'un exemple parmi d'autres de cette volonté ecclésiale de sensibiliser les fidèles au judaïsme actuel. Du 12 au 17 juillet 2016, Mgr Benoît Rivière, évêque d'Autun, invite les catholiques à participer à #Juifs&Cathos 2016, une rencontre de plusieurs jours à l'intitulé évocateur : « Découvrir le judaïsme, les chrétiens à l'écoute ». Cette session a lieu à Paray-le-Monial, « en lien avec la Communauté de l'Emmanuel ». Le cardinal Philippe Barbarin, archevêque de Lyon, participe à la conférence inaugurale aux côtés du grand rabbin de France Haïm Korsia. Parmi les objectifs de l'événement, on trouve le suivant : « Rencontrer et écouter un judaïsme vivant et jeune. » Le site internet où l'on peut s'inscrire

196. Lu à l'adresse suivante : http://www.sion.org/index.php/education/les-fondamentaux/89-la-charte

197. Cf. l'introduction de cet ouvrage.

promet « de très nombreux intervenants juifs et chrétiens : évêques, théologiens, rabbins, professeurs de pensée juive, artistes… ». Le programme comprend de multiples activités : « conférences, ateliers à la carte, rencontres, chants et danses d'Israël, musique klezmer, théâtre, commémoration et célébration d'un Shabbat plein ». Bien entendu, on prévoit des repas casher…[198] Il est bien loin, le temps où l'évêque saint Jean Chrysostome mettait en garde ses ouailles contre les pratiques judaïsantes[199] !

Depuis Vatican II, l'Église recommande entre juifs et chrétiens « la connaissance et l'estime mutuelle qui naîtront surtout d'études bibliques et théologiques, ainsi que d'un dialogue fraternel »[200]. Ce « dialogue fraternel », dont toute perspective d'évangélisation semble avoir disparu, condamne les catholiques à recevoir des juifs un enseignement où se mêlent de manière indistincte le vrai et le faux. On les expose ainsi, sous prétexte d'œcuménisme, à un très grave danger intellectuel et spirituel. Si l'on prétend vraiment recueillir le meilleur du judaïsme, il ne convient pas de se mettre à l'écoute des juifs eux-mêmes, mais bien plutôt de juifs authentiquement convertis au catholicisme. C'est là qu'un véritable enrichissement intellectuel et spirituel devient possible. À cet égard, les frères Augustin et Joseph Lémann, juifs devenus prêtres catholiques au XIXe siècle, ont laissé une œuvre importante dont on peut tirer aujourd'hui encore un grand profit.

---

198. Voir le site de l'événement www.juifsetcathos2016.org
199. Voir ses huit discours *Adversus Judaeos.*
200. *Nostra Ætate*, n° 4.

CONCLUSION

Comme on l'a remarqué dès l'introduction, de nombreux Juifs collaborent aujourd'hui même à la promotion de théologies et de liturgies anthropothéistes. On l'a désormais compris, cela n'est pas dû au hasard, ni même à des doctrines ésotériques telles que la cabale, mais bien plutôt à la nature même du judaïsme post-chrétien. À partir de ce constat, la question n'en finit pas de rebondir. Quel rôle le judaïsme a-t-il joué dans l'émergence de la modernité ? Josué Jehouda, juif et sioniste lui-même, estime que sa religion a occupé une place non négligeable dans ce processus :

> *Si les Juifs étaient alors à l'écart de toute activité intellectuelle et sociale des peuples chrétiens, leur pensée joue tout de même, malgré tous les ostracismes, un rôle prépondérant bien qu'inavoué et marque indirectement de son empreinte aussi bien la Renaissance que la Réforme et la Révolution... et ce n'est certes pas par hasard si ces*

tentatives ont été inspirées par l'étude assidue des sources juives à une époque où les Juifs étaient encore maintenus dans la suspicion et le mépris.[201]

C'est dans la maison princière de Pic de la Mirandole à Florence que se réunissaient les savants juifs... La découverte de la Kabbale juive qu'il fait connaître à quelques chrétiens éclairés contribue bien plus que le retour aux sources grecques à l'extraordinaire éclosion spirituelle qui a pour nom la Renaissance. Environ un demi-siècle plus tard, la réhabilitation du Talmud aboutira à la Réforme. Pic de la Mirandole avait compris que l'indispensable assainissement de la dogmatique chrétienne ne pouvait être apporté que par l'étude approfondie de la Kabbale authentiquement juive.[202]

Quant à Bernard Lazare, voici son appréciation du rôle joué par le judaïsme dans l'antichristianisme qui s'est donné libre cours à partir des Lumières :

Dans tout le terrible antichristianisme du dix-huitième siècle, il importerait d'examiner quel fut l'apport, je ne dis pas du Juif, mais de l'esprit juif. Il ne faut pas oublier qu'au dix-septième siècle, les savants, les érudits comme Wagenseil, comme Bartolocci, comme Buxtorf, comme Wolf, firent sortir de l'oubli les vieux livres de polémique hébraïque, ceux qui attaquaient la trinité, l'incarnation, tous les dogmes et tous les symboles, avec l'âpreté judaïque, et la subtilité que possédèrent ces incomparables logiciens que forma le Talmud. Non seulement ils publièrent les

201. Jehouda, Josué, *L'Antisémitisme, miroir du monde*, Genève : Éditions Synthesis, 1958, p. 161-162. Cité par Poncins, Léon de, *Les Juifs et le Concile Vatican II*, 1965, réédition Kontrekulture, p. 170.

202. Jehouda, Josué, *op. cit.*, p. 164, cité par Poncins, Léon de, *op. cit.*, p. 170-171. Cf. aussi sur le sujet Wirszubski, Chaïm, Scholem, Gershom. *Pic de la Mirandole et la cabale*, traduit de l'anglais et du latin par Jean-Marc Mandosio. Suivi de *Considérations sur l'histoire des débuts de la cabale chrétienne,* traduit par Paul Kessler. Paris ; Tel-Aviv : Éditions de l'Éclat, 2007. 512 p.

traités dogmatiques et critiques, les Nizzachon et les Chizuk Emuna, mais encore ils traduisirent les libelles blasphématoires, les vies de Jésus, comme le Toledot Jeschu et le dix-huitième siècle répéta sur Jésus et sur la Vierge les fables et les légendes irrespectueuses des pharisiens du deuxième siècle, qu'on retrouve à la fois dans Voltaire et dans Parny, et dont l'ironie rationaliste, acre et positive, revit dans Heine, dans Bœrne et dans d'Israëli, comme la puissance de raisonnement des docteurs renaît dans Karl Marx et la fougue libertaire des révoltés hébraïques dans l'enthousiaste Ferdinand Lassalle.[203]

Que le lecteur nous pardonne ces citations quelque peu développées, mais essentielles pour comprendre l'importance du judaïsme dans l'émergence de l'anthropothéisme occidental. Il ne faudrait pas pour autant sombrer dans le mono-déterminisme : la tentation pour l'homme de s'autoproclamer dieu à la place de Dieu ne date pas d'hier, mais bien de nos premiers parents. Il s'agit donc d'une tendance persistante du cœur humain, le noyau dur de tout péché, qui reste en son fond « une révolte contre Dieu, par la volonté de devenir « comme des dieux » »[204]. Nous sommes donc tous susceptibles de succomber à cette tentation. Mais ceux qui l'assument et la promeuvent comme un art de vivre légitime jouent à l'égard des autres le même rôle que le serpent vis-à-vis d'Ève[205].

Ce sont donc bien des forces essentiellement spirituelles qui sous-tendent l'évolution et les clivages de nos sociétés. Aujourd'hui encore, plus que jamais peut-être, notre monde se scinde en deux camps irréconciliables : celui de la soumission

203. Lazare, Bernard, *L'antisémitisme : son histoire et ses causes*, Paris, Éditions Jean Crès, 1934, tome II, p. 193-194. Cité par Poncins, Léon de, *op. cit.*, p. 169.
204. *Catéchisme de l'Église catholique*, § 1850.
205. Cf. *Genèse* III.

à Dieu et celui de la révolte contre Dieu. L'anthropothéiste ne tolère aucun frein à sa volonté de liberté, tant sur le plan financier (ultralibéralisme) que sur celui des mœurs (idéologies libertaires). Ces deux plans coïncident souvent, ainsi qu'en témoigne le récent scandale des caméras cachées au Planning Familial américain. Au cours de l'été 2015, l'association pro-vie The Center for Medical Progress a publié de multiples vidéos qui ont connu un grand retentissement. Elles apportent en effet la preuve que Planned Parenthood se livre à un trafic d'organes prélevés sur des fœtus au cours d'avortements[206]. L'affaire a provoqué un tel bouleversement que le 18 septembre 2015, la Chambre des représentants a voté la suspension pour un an des subventions publiques à Planned Parenthood[207]. Ce scandale illustre à merveille la collusion du libertaire et du libéral : d'un côté, nous voyons des parents désireux de se débarrasser de leur enfant afin de pouvoir continuer à « jouir sans entraves » ; de l'autre, l'industrie de l'avortement, trop heureuse de leur rendre ce service et d'en tirer profit sur le plan financier...[208]

Nous assistons donc à une véritable guerre, avec de véritables morts, entre les tenants de la liberté absolue et ceux de la mesure, de la limite; entre les partisans des droits de l'homme et ceux des commandements divins. En examinant de plus près cet affrontement, on peut vérifier à quel point ces deux camps sont marqués sur le plan religieux : il existe d'un côté le catholicisme traditionnel, l'islam et l'orthodoxie; de l'autre le judaïsme et le protestantisme. On pourra bien sûr toujours trouver des exceptions à un tel constat, mais il s'agit malgré tout de tendances lourdes. Deux exemples permettront de le prouver.

206. On peut visionner ces vidéos sur le site centerformedicalprogress.org

207. Cf. « USA : la Chambre vote contre le planning familial », article publié le 18/09/2015 sur le site lefigaro.fr.

208. Sur la collusion du libéral et du libertaire, voir l'ouvrage de Michel Clouscard, *Néo-fascisme et idéologie du désir : genèse du libéralisme libertaire*, Paris, Éditions Delga, 143 p.

Sur le plan financier, les religions du premier groupe interdisent formellement l'usure[209]. Le Coran condamne cette dernière dans les versets 275, 278 et 279 de sa deuxième sourate. Aujourd'hui encore, la finance islamique a gardé ce précepte. Le même principe est resté en vigueur dans l'Église orthodoxe, qui appelle actuellement de ses vœux la création en Russie d'un système financier non fondé sur l'usure, sur le modèle de ce qui se pratique dans la finance islamique[210]. L'Église catholique a quant à elle condamné l'usure à de nombreuses reprises[211]. En 2004, elle a rappelé l'immoralité de cette pratique dans son *Compendium de la doctrine sociale de l'Église*[212]. Une telle interdiction s'enracine dans de multiples passages de l'Ancien Testament[213], censés inspirer aussi le judaïsme et le protestantisme. Or ces deux religions permettent l'usure. Concernant le judaïsme, voici le constat dressé par Bernard Lazare, auteur non suspect d'antisémistisme :

> *Le Talmud et les législations antijuives corrompirent profondément le Juif. Conduit par ses docteurs d'une part, par les légistes étrangers de l'autre, par maintes causes sociales aussi, à l'exclusive pratique du commerce et de l'usure, le Juif fut avili ; la recherche de l'or, recherche poursuivie sans trêve, le dégrada, elle affaiblit en lui la*

209. Cf. à ce sujet l'article en cinq parties « Catholicisme et usure », publié en août-septembre 2012 sur le site egaliteetreconciliation.fr. On y trouve de nombreuses références aux textes faisant autorité dans ces différentes religions.

210. Cf. « Orthodox Church Calls for Alternative Financial System in Russia », article d'Anastasia Bazenkova, publié le 11 août 2015 sur le site themoscowtimes.com.

211. Cf. Denzinger, Heinrich, *Symboles et définitions de la foi catholique*, § 280-281, 716, 764, 906, 2546, 2743. Ces condamnations ne portent pas seulement sur des prêts dont l'intérêt serait considéré comme excessif, mais bien sur le principe même du prêt à intérêt.

212. *Compendium de la doctrine sociale de l'Église*, § 341. On peut lire ce document sur le site www.vatican.va.

213. *Exode* XXII, 25, *Lévitique* XXV, 36-37, *Deutéronome* XXIII, 19, *Ezéchiel* XVIII, 8 ; XVIII, 13 ; XVIII, 17 ; XXII, 12. Il est vrai que cette interdiction ne semble s'appliquer qu'à l'égard des Juifs : « Tu peux exiger un intérêt de l'étranger, mais tu n'en tireras point de ton frère » (Deutéronome XIII, 20).

conscience, elle l'abaissa, elle lui donna des habitudes de fourberie.[214]

Dans le protestantisme, c'est essentiellement Calvin qui a autorisé l'usure[215]. Du point de vue religieux, partisans et ennemis de l'ultralibéralisme se révèlent donc clairement identifiables.

Sur le plan des mœurs, on a vu depuis l'an 2000 le mariage *gay* légalisé dans une vingtaine de pays, essentiellement situés en Europe et sur le continent américain. Un changement si unanime en un temps si court ne peut être le fruit du hasard : il existe bel et bien une volonté supra-nationale d'imposer l'homosexualité comme un art de vivre légitime. Là encore, on ferait bien de vérifier quelles religions soutiennent ce comportement, et quelles autres le réprouvent. Dans l'Ancien Testament, la pratique de l'homosexualité, qualifiée d'« abomination »[216], se voit très clairement condamnée lors du châtiment de Sodome et Gomorrhe[217]. Le Coran, lorsqu'il fait allusion à ce même épisode, entérine cette condamnation[218]. Le *Catéchisme de l'Église catholique* considère quant à lui les actes homosexuels comme « intrinsèquement désordonnés »[219]. Il n'en va pas de même dans le protestantisme. Même si ce dernier ne constitue pas comme l'Église catholique un monde unifié, on notera tout de même qu'en mai 2015, l'Église protestante unie de France, qui réunit luthériens et réformés, a admis la possibilité de bénir l'union de couples homosexuels[220]. Un mois après l'annonce de ce virage majeur, l'Église orthodoxe

214. LAZARE, Bernard, *L'antisémitisme, son histoire et ses causes*, chapitre XIV, « Les causes économiques de l'antisémitisme », Paris, Léon Chailley Éditeur, 1894, p. 366.
215. SCHÜMMER, Léopold, « Les fondements de l'éthique de l'économie et des affaires, selon le protestantisme », publié sur le site de la Revue réformée (larevuereformee.net)
216. *Lévitique* XVIII, 22.
217. *Genèse* XIX, 1-29.
218. *Coran* VII, 80-84.
219. *Catéchisme de l'Église catholique,* § 2357.
220. Cf. « Les couples de protestants de même sexe pourront être bénis par leur Église », article de l'AFP publié le 17 mai 2015 sur le site du journal *Libération* (liberation.fr).

russe a annoncé qu'elle mettait fin à ses relations avec l'Église protestante unie de France. Le Père Dimitry Smirnov, qui se trouve à la tête de la Commission de l'Église orthodoxe de Russie pour la famille, la protection de la maternité et de l'enfance, s'en est expliqué à la télévision russe en termes dénués d'ambiguïté :

> *Nous nous séparons d'eux comme de la peste, parce que c'est contagieux.*
>
> *L'Église orthodoxe russe ne peut cautionner de son autorité quelque chose qui est tout simplement une iniquité d'un point de vue biblique.*
>
> *Ce ne sont plus des communautés chrétiennes. C'est une autre communauté avec son nom bien à elle : « LGBT ». Son avenir est clair et simple : « le feu de la Géhenne » ; voilà ce qu'enseigne l'Écriture sainte.*
>
> *Ces peuples jadis chrétiens sont en train de se préparer à accueillir solennellement l'Antéchrist.*[221]

Dans le même temps, le 16 mai 2015, l'assemblée générale de l'Église d'Écosse vote la possibilité d'admettre à l'ordination sacerdotale ou diaconale des personnes engagées dans des unions civiles homosexuelles[222]. En avril 2016, c'est l'Église protestante de Norvège qui adopte la cérémonie religieuse de mariages homosexuels. Cette possibilité existait déjà en Norvège et au Danemark[223]. En juillet 2016, vient le tour de l'Église anglicane du Canada[224].

---

221. Article « Churches embracing homosexuality prepare members to accept the Anti-Christ : Russian Orthodox leader », article de Mark Hodges publié le 5 juin 2015 sur le site lifesitenews.com
222. Cf. « Réunie à Édimbourg, l'Église d'Écosse vote l'ordination de personnes homosexuelles en couple », article d'Anne-Bénédicte Hoffner publié le 17/05/15 sur le site de *La Croix*.
223. Cf. « Norvège. L'Église protestante dit oui au mariage gay religieux », article publié le 11 avril 2016 sur le site ouest-france.fr
224. Cf. « Anglican Church of Canada votes to endorse same-sex 'marriage' », article de Steve Weatherbe du 15 juillet 2016, publié sur le site lifesitenews.com

À l'image du protestantisme, le judaïsme ne se présente pas comme un tout homogène. Au moment où cette question occupait l'opinion française, Gilles Bernheim, alors grand rabbin de France, s'est élevé avec force contre l'idée d'un mariage homosexuel[225]. Cela ne doit toutefois pas faire oublier que la capitale de l'État hébreu a été considérée ces dernières années comme l'un des endroits les plus *gay friendly* au monde[226]. À tel point que les deux premiers « mariés » homosexuels de France, Vincent Autin et Bruno Boileau, y ont séjourné pour leur lune de miel, hébergés à cette occasion par l'ambassade de France[227]. Mais même dans les milieux rabbiniques, l'interdiction de l'homosexualité ne fait plus consensus. La prise de position du grand rabbin Bernheim a fait l'objet de multiples réactions. C'est ainsi que Yeshaya Dalsace, rabbin de la communauté parisienne DorVador, a rédigé une longue réponse pour expliquer qu'il ne souhaitait pas s'associer à ce refus de la loi sur le mariage *gay*. Voici le dernier paragraphe de ce document :

> *Enfin, comme hétérosexuel juif religieux, sans nier les éventuelles difficultés de terrain que cette loi pourrait poser, je ne me sens en rien lésé, remis en cause et certainement pas mis en danger par un tel projet de loi. Par contre, je refuse que ma voix soit automatiquement classée dans le camp des opposants et captée par une opinion rabbinique prétendant me représenter et dans laquelle je ne me reconnais pas. En tant que Juif, je trouve que si danger il y a, c'est celui de l'enfermement du judaïsme dans un*

---

225. BERNHEIM, Gilles. *Mariage homosexuel, homoparentalité et adoption : ce que l'on oublie souvent de dire*, publié en octobre 2012. 25 p. On peut consulter ce document sur le site du CRIF à l'adresse suivante : http://www.crif.org/fr/tribune/mariage-homosexuel-homoparentalit%C3 %A9-adoption-ce-que-lon-oublie-souvent-de-dire/33000

226. En 2011, les utilisateurs du site www.gaycities.com ont élu Tel-Aviv comme ville la plus *gay friendly* de la planète.

227. Cf. l'article « Noces de Gays : mariés célèbres, Vincent et Bruno sont en Israël », article publié le 7 juin 2013 sur le site israelvalley.com.

discours uniformisé, fossilisé, décalé avec les réalités et pire encore, en perte de sens et de réflexion de fond. Sur ce dernier point, le grand rabbin de France devrait être d'accord.[228]

L'intérêt de ce document réside aussi dans le fait qu'il passe en revue les différentes positions du judaïsme sur l'homosexualité[229]. En voici une synthèse, extraite de la conclusion :

Sur la question de l'homosexualité, le judaïsme a produit un vaste panel d'opinions rabbiniques allant du rejet absolu, du refus de reconsidérer la question et même de l'étudier, jusqu'à l'acceptation absolue de facto et de jure du fait de l'identité homosexuelle, en passant par toutes sortes de nuances dans les positions rabbiniques avec principalement l'acceptation de facto, mais le maintien d'un refus théorique de jure. L'ensemble de ces positions rabbiniques montre que le judaïsme, pluriel et évolutif par nature, n'a pas délaissé cette question et a déjà produit une large réflexion, encore en gestation.[230]

Évidemment, le positionnement du rabbin Dalsace est tributaire de son appartenance au mouvement massorti, considéré comme plutôt libéral. Mais même dans les milieux juifs orthodoxes, les opinions commencent à évoluer. L'un des plus célèbres rabbins *gays*, Steven Greenberg, appartient à ce courant. Il a entrepris de justifier l'homosexualité face à la Torah dans un livre au titre évocateur : *Lutter contre Dieu*

---

228. Dalsace, Yeshaya, *La loi sur le mariage homosexuel et le judaïsme : une réponse à la position du grand rabbin de France*, essai publié en novembre 2012 sur le site dorvador.org, p. 36.
229. *Idem*, p. 10-25.
230. *Idem*, p. 35.

et contre les hommes : l'homosexualité dans la tradition juive[231]. Voici ce qu'il annonce en introduction :

> *L'analyse biblique se poursuit dans le chapitre 3, « Lévitique », avec les versets du livre du Lévitique qui interdisent et punissent de manière spécifique les rapports entre hommes. Bien que beaucoup de personnes aient affirmé que ce verset constitue une condamnation sans ambiguïté de l'homosexualité, une étude attentive du langage et de la syntaxe démontrera qu'il n'en est pas ainsi.*[232]

De fil en aiguille, certaines obédiences juives ont admis le mariage religieux pour les homosexuels. En 2013, une première cérémonie de ce type est célébrée en Suède[233]. En 2016, c'est en Argentine[234], puis en Italie[235], que s'invite le mariage *gay* juif...

Le judaïsme et le protestantisme considèrent donc tous deux l'usure comme légitime, et tous deux se laissent peu à peu gagner par la mentalité LGBT. Pourquoi une telle acceptation de ces pratiques initialement condamnées par leur textes sacrés? Une raison très simple a permis ce basculement : dans ces deux religions, l'Écriture sainte, la Parole de Dieu tend à devenir moins importante que le commentaire plus ou moins fidèle que l'on en fait. Emportés

231. Greenberg, Steven. *Wrestling with God and men : homosexuality in the Jewish tradition.* Madison : University of Wisconsin Press, 2004. 312 p.
232. « The biblical analysis continues in chapter 3, "Leviticus," with the verses in the Book of Leviticus that specifically prohibit and punish male intercourse. While many have claimed that the verse is an unambiguous condemnation of homosexuality, careful attention to language and syntax will demonstrate otherwise. » *Idem*, p. 36. Je traduis.
233. Cf. « Premier mariage gay juif en Suède », article de Maeva Tibi publié le 12 juin 2013 sur le site tel-avivre.com
234. Cf. l'article « Le premier mariage homosexuel d'Amérique Latine autorisé à la synagogue », article publié le 8 avril 2016 sur le site fr.timesofisrael.com
235. Cf. « Celebrato il primo matrimonio ebraico gay in Italia : l'intervista esclusiva », article de Jonathan Bazzi publié le 15 septembre 2016 sur le site gay.it

par leur démesure, la logique talmudique et le libre examen protestant en viennent tous deux à saper les exigences de la parole divine, à trouver des accommodements avec cette dernière. De ces excès semblent préservés le catholicisme et l'orthodoxie, aussi longtemps qu'ils admettront que leur doctrine ne peut se déployer que dans le prolongement d'une tradition déjà bien établie, et non contre celle-ci[236]. En islam, l'attachement à la littéralité du texte coranique paraît devoir également préserver les musulmans de ces déviances.

L'exégèse des textes sacrés se situe donc au centre de la guerre spirituelle décrite plus haut. Nous assistons aujourd'hui à un gigantesque affrontement entre d'une part les religions qui entendent respecter à la lettre les commandements divins, et d'autre part celles qui s'efforcent de contourner ces commandements au moyen d'habiles interprétations. Telle est bien l'arme principale de l'anthropothéiste face à la Parole de Dieu : la contrôler au moyen du commentaire, la réduire par l'exégèse à ce qu'il a envie d'en comprendre, lisser à l'aide de l'herméneutique ses aspérités inconfortables. Dans le même temps, ceux qui refusent de voir leurs textes sacrés subir ce processus de normalisation se voient taxés de traditionalisme, d'intégrisme, voire de fondamentalisme. L'étymologie elle-même offre un témoignage saisissant de cette ligne de fracture : dans le camp du détournement des exigences divines se trouve Israël, le peuple « fort contre Dieu » ; et dans celui de la fidélité à la parole sacrée, l'islam, religion de la « soumission à Dieu ».

236. Ce qui ne va pas sans mal… Cf. à ce sujet le chapitre « L'Église catholique et la tentation anthropocentrique » du *Chant dans la fournaise*, *op. cit.*, p. 41-50.

DEUXIÈME PARTIE

LIBERTÉ ABSOLUE

INTRODUCTION

Initialement, ce livre devait s'arrêter ici. Mais si l'on évoque la trahison des peuples élus, il semble difficile de passer sous silence celle de la France. Tout comme Israël, le peuple français avait reçu une mission divine. Et tout comme le peuple juif, il l'a détournée : à la voie de la consécration, la France a préféré celle de l'auto-divinisation. En quoi consistait cette vocation ? Comment a-t-elle été défigurée et transformée en anthropothéisme ? Autant de questions auxquelles les pages qui suivent tâcheront de répondre. Mais auparavant, il convient d'identifier un acteur majeur dans ce processus de subversion : la franc-maçonnerie qui, à la fois parce qu'elle puise dans le judaïsme[237] et parce qu'elle a joué un rôle non négligeable dans l'avènement de la Révolution française[238], constitue certainement la principale chaîne qui relie l'anthropothéisme juif et l'auto-déification à la française.

237. Cf. Bertrand, Isidore, *La Franc-maçonnerie, secte juive*, Paris, Librairie Bloud et Cie, 1903, 63 p.
238. Cf. Talmeyr, Maurice, *La Franc-maçonnerie et la Révolution française*, Paris, Kontre Kulture, 2016, 68 p.

On a déjà vu dans *Le Chant dans la fournaise* que la laïcité se présente dans les faits comme la religion officielle de l'État français, religion dont l'homme constitue la divinité. On a également pu constater que cette laïcité doit sa prédominance dans les institutions à l'influence de la franc-maçonnerie[239]. Tout cela s'avère parfaitement logique si l'on considère la nature essentiellement anthropothéiste de l'initiation maçonnique. Cet anthropothéisme maçonnique, Mgr Meurin l'illustre avec de nombreux exemples dans son ouvrage *La Franc-maçonnerie, synagogue de Satan*[240]. Voici notamment ce que l'on peut lire dans une instruction adressée à Garibaldi, qui occupait une place de choix dans la maçonnerie italienne :

> *L'*Homme *est à la fois le* Dieu, *le* Pontife *et le* Roi de lui-même. *Voilà le secret sublime, la clef de toute science, le sommet de l'initiation. La* Franc-Maçonnerie, *synthèse parfaite de tout ce qui est humain, est donc le* Dieu, *le* Pontife *et le* Roi de l'Humanité. *Voici qui explique son universalité, sa vitalité et sa puissance! Quant à nous, grands chefs, nous formons le bataillon sacré du* Sublime Patriarche, *qui est à son tour le* Dieu, *le* Pontife *et le* Roi de la Franc-Maçonnerie.[241]

Quelques pages plus loin, ce même document revient sur la même idée :

> *Aujourd'hui que tu sièges parmi les Maîtres en Chef, tes travaux doivent augmenter d'intensité; et pour bien te préciser leurs tendances en assurant en même temps le*

239. Cf. Martin, Antoine, *Le Chant dans la fournaise : de la nécessaire insoumission chrétienne face aux nouvelles théologies*, Paris, Kontre Kulture, 2015, p. 25-36.
240. Meurin, Léon. *La Franc-maçonnerie, synagogue de Satan*. Paris : éditions Victor Retaux, 1893. 556 p.
241. *Idem*, p. 283.

succès et leur triomphe, nous allons te résumer nettement la Grande Lumière de l'initiation suprême. Tu es ton Dieu, *ton* Pontife *et ton* Roi *de toi-même. Ta raison est la seule règle du Vrai, la seule clef de la science et de la politique. Tes appétits et tes instincts sont l'unique règle du Bien, l'unique clef du progrès et du bonheur.*[242]

Voilà un positionnement anthropothéiste on ne peut plus clair. Mais il faut s'interroger sur la triade fondamentale : Dieu, pontife, roi. Cela ne vous rappelle-t-il pas les trois missions sacerdotale, prophétique et royale du Christ, que les pharisiens de son temps ont voulu capter pour leur propre intérêt[243] ? Seul le prophétisme y a été remplacé par la divinité, ce qui se révèle assez logique : par définition, le pro-phète parle toujours au nom de quelqu'un d'autre qui le dépasse, ce dont précisément les francs-maçons ne veulent pas entendre parler. À travers cette subversion de la triple (f)onction messianique, il semble donc exister une véritable continuité spirituelle entre les pharisiens de l'époque de Jésus et la franc-maçonnerie moderne. Dans l'intervalle, l'anthropothéisme n'a fait que gagner en force et en franchise : il ne s'agit plus d'utiliser Dieu et son Messie, mais de l'être soi-même. C'est là une différence de degré, et non de nature : il s'agit fondamentalement de la même démarche, celle qui consiste à se croire au-dessus de Dieu. À cet égard, une étude comparée des différentes lectures de l'initiation maçonnique, telles que les résume Mgr Meurin, a tout son intérêt. Ces lectures ne se contredisent pas les unes les autres, mais elles se superposent et se complètent. Or, si l'interprétation judaïque affirme que les onze premiers grades maçonniques permettent à l'initié d'accéder au plein statut de Juif, ces onze degrés constituent

242. *Idem,* p. 286.
243. Voir la première partie de cet ouvrage.

aussi ceux qui font de l'homme sa propre divinité d'après l'interprétation luciférienne...[244] Faut-il voir là un pur hasard ?

Cette connexion anthropothéiste entre judaïsme et franc-maçonnerie est aujourd'hui admise par les francs-maçons eux-mêmes. Ainsi, Jacky Franklin, juif et membre de la Grande Loge de France, n'hésite-t-il pas à admettre une « convergence théorique » :

> *La Kabbale est très claire sur les rapports existant entre l'homme de [sic] Dieu : Dieu a placé l'homme puis s'est retiré pour qu'il puisse prendre sa place. Pour un juif, l'homme est autonome par essence. Il dispose de son libre arbitre et est donc responsable.*
>
> *En un mot comme en cent : Dieu a fait le pari de la perfectibilité de l'homme en devenir. La création n'est pas terminée, l'homme continue la création. Pour être exact, il est créateur pendant 6 jours et le 7e, il redevient créature pour honorer son Dieu. [...]*
>
> *Pour le franc-maçon, l'homme est aussi créateur de lui-même.*[245]

Dans ces propos, on retrouve la volonté d'être créateur à la place du Créateur. Notez qu'il ne s'agit pas simplement ici de collaborer avec Dieu à sa tâche de création, idée parfaitement chrétienne, mais bien de le remplacer pendant six jours : les expressions « est créateur » et « redevient créature » ne laissent aucune place à l'hésitation. On envisage ici l'homme comme un créateur indépendant, un constructeur absolument libre, ce qu'est très exactement censé être un « franc-maçon », si l'on se réfère à l'étymologie du mot. En quoi est-ce luciférien ? Si « l'homme est autonome par essence », cela signifie

244. Meurin, Léon. *La Franc-maçonnerie, synagogue de Satan, op. cit.*, p. 445-448.
245. « Être Juif et Franc-Maçon », interview de Jacky Franklin par Bernard Platon publiée sur le site www.ledifice.net

qu'il se donne à lui-même sa propre loi, indépendamment de tout critère transcendant ou préexistant; voilà l'exacte signification du terme « auto-nome ». Or, se fixer sa propre loi, tel a exactement été au début du XXe siècle le programme du célèbre mage sataniste Aleister Crowley, qui a popularisé l'axiome suivant : « Fais ce que tu veux sera le tout de la loi. »[246] Mais tel avait aussi été, bien avant lui, le programme d'une France qui avait tourné le dos aux commandements divins pour les remplacer par les droits de l'homme… une France qui, à l'instar des francs-maçons et guidée par eux, avait prétendu se construire sur des fondations absolument nouvelles.

246. « Do what thou wilt shall be the whole of the Law. The word of Sin is Restriction. » CROWLEY, Aleister, *Liber AL vel Legis,* 1904, chapitre I, verset 40-41.

CHAPITRE IV

LA RÉVOLUTION, RÉVÉLATION ANTHROPOTHÉISTE

BAPTÊME ET ANTI-BAPTÊME DE LA FRANCE

En 496, l'évêque saint Rémy baptise à Reims Clovis, le roi des Francs, avec sa famille et plus de trois mille de ses hommes. Déjà à l'époque, tout le monde interprète cet événement comme le baptême non pas seulement d'un roi et de sa suite, mais bien d'une lignée appelée à se perpétuer dans la fidélité à la foi chrétienne. C'est ainsi que dans son testament, saint Rémy évoque au pluriel « les rois des Francs qu'il a consacrés au Seigneur par le baptême »[247]. À leur tour, les papes considéreront qu'à travers le roi Clovis et sa famille, c'est toute la France qui a reçu ce sacrement. Voici ce qu'écrit Léon XIII au cardinal Langénieux, évêque de Reims, le 6 janvier 1896 :

247. « A regibus quoque Francorum, filiis scilicet meis charissimis, quos per baptismum, Jesu Christi dono et gratia Spiritus sancti cooperante, Domino consecravi... » FLODOARD, *Histoire de l'Église de Reims,* livre I, chapitre XVIII.

C'est un noble dessein que celui dont vous avez pris l'initiative, de convier la France entière à célébrer solennellement, cette année, après quatorze siècles, l'anniversaire du Baptême de Clovis, roi des Francs-Saliens. Aussi, Nous accueillons avec une particulière satisfaction le désir que vous Nous avez exprimé de Nous associer à cette sainte et patriotique entreprise en accordant à votre pays, que Nous aimons, la faveur unique d'un Jubilé national. On peut dire, en effet, que ce baptême du glorieux vainqueur de Tolbiac a été en même temps le baptême du royaume des Francs; et, assurément, les conséquences historiques de cet événement mémorable ont été de la plus haute importance, non seulement pour ce peuple nouveau qui naissait à la foi du Christ, mais pour la chrétienté elle-même, puisque cette noble nation devait mériter, par sa fidélité et ses éminents bienfaits, d'être appelée la Fille aînée de l'Église.[248]

L'eau du baptême confère la vie de la grâce à l'homme déchu dans sa nature depuis le péché originel[249]. C'est pour cette raison que l'on considère ce sacrement comme « le bain de la régénération »[250]. Avec le baptême de Clovis et des siens, c'est donc un pays tout entier qui entre dans cette vie spirituelle[251], rendue possible par la mort et la résurrection du Christ.

Or, que se passe-t-il lors de la Révolution française? Tout le monde sait que les révolutionnaires prennent d'assaut la Bastille le 14 juillet 1789. En revanche, bien peu de personnes connaissent le monument qui remplace dès 1793 la fameuse forteresse : la fontaine de la Régénération, aussi appelée fontaine d'Isis. Elle consiste en une statue assise de la déesse

248. Leon XIII, *Leonis XIII. pontificis maximi Acta,* Rome, Typographia Vaticana, 1897, volume 16, p. 5-6.
249. Cf. *Catéchisme de l'Église catholique,* § 405.
250. *Idem,* § 1215.
251. Cf. *idem,* § 1213.

égyptienne, entourée de deux lions. La divinité presse ses seins, d'où jaillit l'eau de la fontaine. La cérémonie qui s'est tenue là le 10 août 1793, lors de la la fête de l'unité et de l'indivisibilité de la République française, nous apporte un nouvel élément : Isis fonctionne ici comme une allégorie, celle de la nature. Voici en effet le déroulé de l'événement, tel que le prévoit le rapport de David, lu à la Convention le 13 juillet :

> *Le rassemblement se fera sur l'emplacement de la Bastille ; au milieu de ses décombres, on verra s'élever la fontaine de la régénération, représentée par la Nature ; de ses fécondes mamelles, qu'elle pressera de ses mains, jaillira avec abondance l'eau pure et salutaire dont boiront tour à tour quatre-vingt-six commissaires des envoyés des assemblées primaires, c'est-à-dire un par département ; le plus ancien d'âge aura la préférence ; une seule et même coupe servira pour tous.*

Le président de la Convention nationale, après avoir, par une sorte de libation, arrosé le sol de la Liberté, boira le premier ; il fera successivement passer la coupe aux commissaires des envoyés des assemblées primaires ; ils seront appelés par lettre alphabétique, au son de la caisse et de la trompette ; une salve d'artillerie, à chaque fois qu'un commissaire aura bu, annoncera la consommation de l'acte de fraternité.

Alors on chantera, sur l'air chéri des enfants de Marseille, des strophes analogues à la cérémonie. Le lieu de la scène sera simple, sa richesse sera prise dans la nature ; de distance en distance, on verra, tracées sur des pierres, des inscriptions qui rappelleront la chute du monument de notre ancienne servitude ; et les commissaires, après avoir bu tous ensemble, se donneront réciproquement le baiser fraternel. »[252]

---

252. Convention nationale, *Rapport sur la fédération du 10 août*, publié dans *Le Moniteur universel* n° 196, le lundi 15 juillet 1793.

Comme dans le baptême, c'est par l'eau, qualifiée ici de « salutaire », que la Régénération est rendue possible. Cependant, il ne s'agit pas ici d'une Régénération par la grâce divine, mais par la nature seule, considérée ici non plus comme blessée par le péché originel, mais comme parfaite depuis toujours. De même, dans le christianisme, la fraternité humaine est rendue possible par le fait que le baptême fait de tous des enfants de Dieu ; ici, c'est dans la régénération par la nature que cette fraternité devient effective.

Le discours prononcé ce 10 août par Hérault de Séchelles, le président de la Convention nationale, vaut également la peine qu'on le lise :

> *« Souveraine du sauvage et des nations éclairées ! ô Nature ! ce peuple immense, rassemblé aux premiers rayons du jour devant ton image, est digne de toi, il est libre. C'est dans ton sein, c'est dans tes sources sacrées qu'il a recouvré ses droits, qu'il s'est régénéré. Après avoir traversé tant de siècles d'erreurs et de servitude, il fallait rentrer dans la simplicité de tes voies pour retrouver l'égalité et la liberté. Ô Nature ! reçois l'expression de l'attachement éternel des Français pour tes lois, et que ces eaux fécondes qui jaillissent de tes mamelles, que cette boissons pure qui abreuva les premiers humains, consacrent dans cette coupe de la fraternité et de l'égalité les serments que te fait la France en ce jour le plus beau qu'ait éclairé le soleil depuis qu'il a été suspendu dans l'immensité de l'espace… »*[253]

---

253. *Recueil complet de tout ce qui s'est passé à la fête de l'Unité et de l'Indivisibilité de la République Française, suivi des inscriptions tracées sur les pierres de la Bastille et sur les monumens destinés pour cette cérémonie, avec les six discours prononcés aux stations par le citoyen Hérault de Séchelles, Président de la Convention Nationale terminé par l'hymne, chanté en réjouissance de cette mémorable journée*, Paris, Imprimerie de Chaudrillié, « recueil des six discours prononcés par le Président de la Convention Nationale », p. 1-2.

Notez bien que l'orateur qualifie les sources de la nature de « sacrées ». Il effectue ainsi une divinisation de la nature, qui rend à son tour sacré tout ce qui entre en contact avec elle : elle « consacre ». À l'inverse, la religion chrétienne se voit discrètement mais sûrement visée par les « siècles d'erreurs et de servitude » mentionnés par Hérault de Séchelles. Par ce baptême d'un nouveau genre, la France tout entière se voit soustraite à la vie de la grâce divine, considérée comme une souillure, un esclavage, et restaurée, rendue à la nature pure de toute influence divine. Dans cette perspective théologique, ce sont la naissance et l'expansion de la religion chrétienne, c'est aussi le baptême de la France par saint Rémy, qui font office de péché originel : en proposant à l'homme de sortir d'une vie uniquement naturelle pour accéder à la vie de la grâce, ils ont eu le tort de le soustraire à la « simplicité » de la nature.

Pour commémorer cette fête, on mettra en circulation une nouvelle pièce de monnaie, la cinq décime de l'an 2. On y voit la Fontaine d'Isis faire jaillir de ses seins de l'eau, dont le président de la Convention abreuve un citoyen. Autour de cette représentation, une courte légende nous en indique la portée symbolique : « régénération française ». En bas de la scène apparaît la date de la cérémonie, qui surmonte une équerre discrète mais bien présente : apparemment, les loges maçonniques ont tenu à laisser là leur signature... Preuve supplémentaire qu'avec la fête de l'unité et de l'indivisibilité de la République française, nous nous trouvons bel et bien en présence d'un événement religieux.

Cette analyse vous semble tirée par les cheveux? La publication dans les années 1790 d'un *Catéchisme républicain*, rédigé par le citoyen Poitevin, la confirme pourtant de manière irréfutable. Cet ouvrage s'ouvre sur un exposé des « sacrements républicains » dont voici les premières lignes :

Demande. *Qu'est-ce que le Baptême?*

Réponse. *C'est la régénération du Français commencée le 14 Juillet & bientôt appuyée par toute la Nation Française.*[254]

Ces phrases démontrent bel et bien que c'est un anti-baptême de la France qui est célébré le 10 août 1793. Il s'agit d'un renversement théologique qui, par son importance, n'a d'égal que celui qui a eu lieu à Reims en 496. On connaît en effet le cri poussé par Rémy au moment même où il baptisa Clovis : « Courbe-toi, fier Sicambre, adore ce que tu as brûlé, brûle ce que tu as adoré. »[255] Avec cette injonction, le saint évêque faisait tout à la fois allusion aux pillages d'églises dont les Francs s'étaient rendus coupables et au paganisme de ces derniers[256]. Il s'agissait désormais pour ces idolâtres d'effectuer un retournement spirituel complet, ce que l'on appelle une conversion. Tout un peuple abandonnait l'adoration des forces de la nature pour embrasser celle du Christ. Ce virage à 180 degrés, la Révolution française l'a elle aussi effectué. Si bien que la France a renoncé à Dieu pour se livrer de nouveau à la déification de la nature, et surtout de la nature humaine...[257]

Cette inversion totale des valeurs, le mot « révolution », qui évoque l'idée d'un retournement, l'illustre à merveille. Voici en quels termes Mgr Gaume fait parler l'allégorie de la Révolution, au seuil de son œuvre monumentale, *La Révolution, recherches historiques* :

> *Je suis la haine de tout ordre religieux et social que l'homme n'a pas établi et dans lequel il n'est pas roi et*

254. Poitevin, *Catéchisme républicain; suivi de Maximes de morale républicaine, propre à l'éducation des enfans de l'un et de l'autre sexe*, Paris, Millet, 179., p. 5.
255. « Mitis depone colla, Sicamber : adora quod incendisti, incende quod adorasti. » Cf. Grégoire de Tours, *Histoires des Francs*, II, 31.
256. Cf. *idem*, II, 27.
257. Cf. Delassus, Henri, *La Conjuration antichrétienne : le Temple Maçonnique voulant s'élever sur les ruines de l'Église catholique*, Lille, Desclée de Brouwer, 1910, tome 1, chapitre 5, « La Révolution institue le naturalisme », p. 51-60.

Dieu tout ensemble ; je suis la proclamation des droits de l'homme contre les droits de Dieu ; je suis la philosophie de la révolte, la politique de la révolte, la religion de la révolte ; je suis la négation armée ; je suis la fondation de l'État religieux et social sur la volonté de l'homme au lieu de la volonté de Dieu ; en un mot, je suis l'anarchie ; car je suis Dieu détrôné et l'homme à sa place.

Voilà pourquoi je m'appelle Révolution ; c'est-à-dire renversement, parce que je mets en haut ce qui, selon les lois éternelles, doit être en bas, et en bas ce qui doit être en haut.[258]

Dans *Le Chant dans la fournaise*, nous avons démontré que la laïcité constitue « une inversion des pôles profane et sacré de notre monde »[259]. Cela s'avère parfaitement logique dans la mesure où cette laïcité, contenue en germe dans l'article X de la Déclaration des droits de l'homme et du citoyen de 1789[260], est elle-même fille de la Révolution.

LES DROITS DE L'HOMME : UN ANTI-DÉCALOGUE

Les droits de l'homme fonctionnent comme le nouveau décalogue que l'humanité occidentale se donne à elle-même, après avoir rejeté les dix commandements de Dieu. Une simple analyse du tableau officiel, intitulé *Déclaration des droits de l'homme et du citoyen*, suffit à le démontrer. Commandée par l'Assemblée nationale à Jean-Jacques François le Barbier dès 1789, cette huile sur toile est réalisée

258. Gaume, Jean-Joseph, *La Révolution, recherches historiques sur l'origine et la propagation du mal en Europe : depuis la Renaissance jusqu'à nos jours*, Paris, Gaume éditeurs, 1856-1859, tome 1, p. 16-17.

259. Cf. Martin, Antoine, *Le Chant dans la fournaise : de la nécessaire insoumission chrétienne face aux nouvelles théologies*, Paris, Kontre Kulture, 2015, p. 31.

260. « Nul ne doit être inquiété pour ses opinions, même religieuses, pourvu que leur manifestation ne trouble pas l'ordre public établi par la Loi. »

cette même année. La fameuse déclaration s'y présente sur deux tables de pierre, allusion évidente au décalogue, gravé par le doigt de Dieu sur deux supports de ce genre[261]. Ces tables de pierre républicaines ont vraiment existé. Lors de la cérémonie du 10 août 1793, les membres de la Convention nationale les ont mises à l'honneur :

> *Huit d'entr'eux portaient sur un brancard, une arche : elle a été ouverte & elle renfermait les tables sur lesquelles étaient gravés les droits de l'homme & l'acte constitutionnel.*[262]

Comment ne pas voir dans cette arche contenant les droits de l'homme une imitation de l'arche d'Alliance, dans laquelle les Hébreux conservaient les dix commandements que Dieu leur avait confiés[263] ? Toutefois, il ne s'agit plus ici d'une alliance établie entre Dieu et l'humanité, mais bien entre les hommes seuls, et contre un Dieu dont on ne veut plus : la nouvelle loi remplace l'ancienne; l'homme se substitue à la divinité. Le jugement du pape Pie VI à l'époque confirme une telle analyse : dès 1791, il soutient que les droits de l'homme sont « contraires à la religion »[264].

Peut-être se trouvera-t-il des gens pour rejeter cette lecture : après tout, Dieu figure bel et bien sur le tableau, sous la forme d'un triangle dans un œil ! Il domine même l'ensemble de la composition et resplendit comme un soleil. Dès lors, pourquoi vouloir interpréter les droits de l'homme

---

261. *Exode* XXXI, 18.
262. *Recueil complet de tout ce qui s'est passé à la fête de l'Unité et de l'Indivisibilité de la République Française, suivi des inscriptions tracées sur les pierres de la Bastille et sur les monumens destinés pour cette cérémonie, avec les six discours prononcés aux stations par le citoyen Hérault de Séchelles, Président de la Convention Nationale terminé par l'hymne, chanté en réjouissance de cette mémorable journée*, Paris, Imprimerie de Chaudrillié, « Détail de la fête de l'unité et de l'indivisibilité de la République », p. 2.
263. Cf. *Deutéronome* X, 3-5.
264. Pie VI, *Adeo nota*, lettre encyclique du 23 avril 1791, § 13.

comme un rejet de Dieu ? Pour une raison très simple : cet œil dans un triangle de lumière ne représente pas le Dieu des chrétiens, mais le dieu des déistes, l'être suprême de Voltaire ; un dieu qui crée le monde mais n'intervient pas dans les affaires humaines, qui n'impose bien sûr aucune exigence à ses créatures, et surtout pas de loi morale… ou du moins pas pour les gens éclairés comme Voltaire. « Toutefois il est fort bon », assure ce dernier, « de faire accroire aux hommes qu'ils ont une âme immortelle, et qu'il y a un Dieu vengeur qui punira mes paysans s'ils me volent mon blé et mon vin »[265]. Là encore, il s'agit d'une forme subtile d'anthropothéisme : le Dieu révélé des chrétiens, considéré comme un gêneur, se voit remplacé par une contrefaçon du siècle des Lumières, jugée plus accommodante et bien utile pour contrôler le peuple. En définitive, si l'on tolère une divinité sur ce tableau, c'est à la seule condition qu'elle laisse l'homme tranquille. On peut aussi interpréter cet œil comme celui de la raison. Telle est du moins la lecture qu'en propose Louis Laurent, le graveur du roi, à la même époque. Après avoir représenté le tableau de Jean-Jacques François le Barbier sur une estampe, il en livre un court commentaire au bas de sa copie. Il y parle de « l'œil suprême de la raison qui vient dissiper les nuages de l'erreur qui l'obscurcissaient »[266]. Avec cette deuxième interprétation, l'anthropothéisme de l'œuvre apparaît de manière encore plus évidente : l'œil qui figure sur ce tableau ne représente rien d'autre qu'une faculté humaine divinisée.

L'ensemble de ce tableau tend à conférer une valeur éternelle à ces droits de l'homme, pourtant si récents alors. Comme l'indique l'historienne d'art Julie Viroulaud, « à la différence des tables de la Loi, que Moïse a pu brandir et

---

265. Lettre du 20 avril 1769 à d'Argental.

266. Laurent, Louis, *Déclaration des droits de l'homme et du citoyen : Décrétés par l'Assemblée Nationale dans les séances des 20, 21, 23, 24 et 26 août 1789, acceptés par le Roi.* Estampe d'après l'œuvre de Le Barbier l'aîné, 1789. Paris, Bibliothèque nationale de France, département Estampes et photographie.

briser, les tables de la Déclaration sont enchâssées dans un monument sévère, ancré dans le sol, garantissant leur intégrité, voire leur éternité »[267]. Dans le même sens, « l'ouroboros, le serpent qui se mord la queue, situé derrière la guirlande de feuilles de chêne, renverrait à l'éternité »[268]. Peut-être faut il aller plus loin dans l'interprétation de ce dernier symbole : l'ouroboros forme un cercle en se nourrissant de lui-même. Il constitue donc l'image achevée de l'autosuffisance, de la perfection close sur elle-même, fermée à tout au-delà d'elle-même, et qui trouve en elle-même son propre fondement. L'emblème idéal de l'homme devenu dieu à la place de Dieu, en somme... Aucun élément ne s'oppose à une telle lecture, puisque cette œuvre emprunte de manière si évidente à la symbolique maçonnique. Si rien ne prouve non plus que Le Barbier ait lui-même appartenu à une loge, ses accointances avec les Frères trois points ne font aucun doute[269].

Déjà en son temps, le cardinal Pie avait parfaitement compris la nature fondamentalement religieuse des droits de l'homme. Il le déclara tout net à Napoléon III lors d'une audience, le 15 mars 1859. À l'empereur qui l'assurait de sa bienveillance pour le catholicisme, voici ce qu'il répondit :

> *« Je m'empresse de rendre justice aux religieuses dispositions de Votre Majesté et je sais reconnaître, Sire, les services qu'elle a rendus à Rome et à l'Église, particulièrement dans les premières années de son gouvernement. Peut-être la Restauration n'a-t-elle pas fait plus que vous? Mais, laissez-moi ajouter que ni la Restauration, ni vous, n'avez fait pour Dieu ce qu'il fallait faire, parce que ni l'un ni l'autre vous n'avez*

267. « Jean-Jacques François Le Barbier l'Aîné et les francs-maçons : autour d'une œuvre d'inspiration maçonnique, *La Déclaration des Droits de l'Homme et du Citoyen* », article de Julie Viroulaud paru dans *La Revue des musées de France*, novembre 2011, n° 4, p. 84.
268. *Idem*, p. 85.
269. *Idem*, p. 84-86.

relevé son trône, parce que ni l'un ni l'autre vous n'avez renié les principes de la Révolution, dont vous combattez cependant les conséquences pratiques ; parce que l'Évangile social dont s'inspire l'État est encore la déclaration des droits de l'homme, laquelle n'est autre chose, Sire, que le négation formelle des droits de Dieu. Or, c'est le droit de Dieu de commander aux États comme aux individus. Ce n'est pas pour autre chose que Notre-Seigneur Jésus-Christ est venu sur la terre. Il doit y régner en inspirant les lois, en sanctifiant les mœurs, en éclairant l'enseignement, en dirigeant les conseils, en réglant les actions des gouvernements comme des gouvernés. Partout où Jésus-Christ n'exerce pas ce règne, il y a désordre et décadence.

Or, j'ai le droit de vous dire qu'il ne règne pas parmi nous et que notre Constitution n'est pas, et loin de là, celle d'un État chrétien et catholique. Notre droit public établit bien que la religion catholique est celle de la majorité des Français ; mais il ajoute que les autres cultes ont droit à une égale protection. N'est-ce pas proclamer que la Constitution protège pareillement l'erreur et la Vérité ? Eh bien ! Sire, savez-vous, ce que Jésus-Christ répond aux gouvernements qui se rendent coupables d'une telle contradiction ? Jésus-Christ, Roi du ciel et de la terre leur répond : « Et moi aussi, gouvernements qui vous succédez en vous renversant les uns les autres, moi aussi je vous accorde une égale protection. J'ai accordé une pareille protection à l'empereur, votre oncle ; j'ai accordé la même protection aux Bourbons, la même protection à Louis Philippe, la même protection à la République et à vous aussi, la même protection vous sera accordée. »

L'Empereur arrêta l'Évêque : « Mais encore, croyez-vous que l'époque où nous vivons comporte cet état de choses, et que le moment soit venu d'établir ce règne exclusivement religieux que vous me demandez? Ne pensez-vous pas, Monseigneur, que ce serait déchaîner toutes les mauvaises passions?

– Sire, quand de grands politiques comme Votre Majesté m'objectent que le moment n'est pas venu, je n'ai qu'à m'incliner, parce que je ne suis pas un grand politique. Mais je suis évêque, et, comme évêque, je leur réponds : « Le moment n'est pas venu pour Jésus-Christ de régner! Eh bien! alors, le moment n'est pas venu pour les gouvernements de durer! »[270]

Pour le cardinal Pie, les droits de l'homme constituent donc un nouvel « évangile social » qui vient s'opposer à l'évangile du Christ. Remarquons au passage qu'il établit un lien tout naturel entre les droits de l'homme et la liberté religieuse, ancêtre de la laïcité...

LE GÉNIE DE LA LIBERTÉ

Les pays, tout comme les personnes, reçoivent une vocation, c'est-à-dire une mission. Malheureusement, on confond trop souvent vocation et destin, alors que ces deux notions constituent l'exact inverse de l'autre. Quelque action que puisse accomplir Œdipe, son destin le mènera inéluctablement à tuer son père et à épouser sa mère. Au contraire, la notion de vocation n'implique pas un tel caractère inéluctable : sa réalisation demeure tributaire de la liberté humaine. Autrement dit, dans la fameuse légende, Œdipe ne peut pas rater le rendez-vous que le destin lui a fixé ; en revanche, il s'avère très facile de rater sa vocation... et donc

270. BAUNARD, Louis, *Histoire du cardinal Pie : évêque de Poitiers*, Poitiers : H. Oudin, 1886, tome 1, p. 668-669.

sa vie. Il arrive fréquemment que des personnes s'insurgent contre cette idée chrétienne de vocation : « Si Dieu appelle une personne à accomplir une mission spécifique, alors cette personne n'est pas libre. » Eh si, justement ! Elle est libre de répondre ou non à cet appel. Une telle réaction révèle une confusion entre la notion païenne de destin et l'idée chrétienne de vocation. Bien compris, le concept de vocation n'anéantit pas celui de liberté, il le présuppose.

Quelle est la vocation de la France ? Dans sa lettre du 21 octobre 1239 au roi saint Louis, le pape Grégoire IX répond à cette question en termes explicites, que résumera son successeur Pie X le 13 décembre 1908, lors de la béatification de Jeanne d'Arc :

> « *Dieu auquel obéissent les légions célestes, ayant établi ici-bas des royaumes différents, suivant la diversité des langues et des climats, a conféré à plusieurs gouvernements des missions spéciales pour l'accomplissement de ses desseins. Et comme autrefois il préféra la tribu de Juda à celles des autres fils de Jacob, et la gratifia de bénédictions spéciales, ainsi il choisit la France de préférence à toutes les autres nations de la terre pour la protection de la foi catholique et pour la défense de la liberté religieuse. C'est pourquoi la France est le royaume de Dieu même ; les ennemis de la France sont les ennemis du Christ. C'est pourquoi Dieu aime la France, qu'aucun effort n'a jamais pu détacher entièrement de la cause de Dieu. Dieu aime la France, où, en aucun temps, la foi n'a perdu de sa vigueur : où les rois et les soldats n'ont jamais hésité à affronter les périls et à donner leur sang pour la conservation de la foi et de la religion.* » *Ainsi s'exprime Grégoire IX.*[271]

---

271. Cité dans le bulletin mensuel *Le Canoniste contemporain*, publié sous la direction de l'abbé Boudinhon, 374e livraison, février 1909, p. 86.

« La protection de la foi catholique » et « la défense de la liberté religieuse » : voilà en quels termes Grégoire IX, et Pie X à sa suite, définissent la mission divine de la France. Dissipons d'emblée une équivoque possible : « la liberté religieuse » mentionnée ici n'a aucun rapport avec celle défendue plus tard lors du concile Vatican II. Cette dernière englobe toute les religions, tandis que dans l'esprit de Grégoire IX, il s'agissait de défendre la liberté de l'Église catholique. L'expression latine employée par le pontife, *pro defensione ecclesiasticae libertatis*[272], ne permet pas la moindre hésitation à cet égard. Dans son testament, saint Rémy affirme déjà qu'il a baptisé et consacré la famille royale « pour l'honneur de la sainte Église et la défense des pauvres »[273].

De fait, la liberté de l'Église a toujours préoccupé les rois de France les plus soucieux de demeurer fidèles à cette mission. Aussi Charlemagne la recommande-t-il à ses fils dans la charte rédigée en 806, lorsqu'il partage le royaume entre eux :

> *Par-dessus tout, nous voulons et ordonnons que les trois frères pourvoient concurremment à la défense de l'Église de saint Pierre, et que, suivant en ceci l'exemple qu'ils ont reçu de notre aïeul Charles, de notre père le roi Pépin d'heureuse mémoire, et de nous-même, ils la protègent contre ses ennemis avec l'aide de Dieu, et la maintiennent en possession de tous ses droits, autant qu'il dépendra d'eux. De même, pour les églises qu'ils auront dans leurs propres royaumes, qu'ils respectent leurs*

272. Pour lire le texte latin de cette lettre, cf. *Sacrorum conciliorum nova et amplissima collectio*, édité par Gian Domenico Mansi, Paris, H. Welter, 1903, tome XXIII (années 1225-1268), colonne 107.

273. « Ad honorem sanctae Ecclesiae, et defensionem pauperum. » Cf. Flodoard, *Historiae Ecclesiae Remensis libri quatuor*, livre 1, chapitre XVIII, in *Patrologiae cursus completus, series latina*, Paris, Migne, 1879, tome 135, p. 66-67.

honneurs et privilèges et qu'ils laissent les pasteurs maîtres d'en administrer les patrimoines.[274]

Dans son testament, saint Louis exhorte lui aussi son fils à défendre les droits de l'Église catholique :

Sois bien diligent de protéger dans tes domaines toutes sortes de gens, surtout les gens de sainte Église; défends qu'on ne leur fasse tort ni violence en leurs personnes ou en leurs biens. Et je veux te rappeler ici une parole que dit le roi Philippe, mon aïeul, comme quelqu'un de son conseil m'a dit l'avoir entendue. Le roi était un jour avec son conseil privé – comme l'était aussi celui qui m'a parlé de la chose – et quelques membres de son conseil lui disaient que les clercs lui faisaient grand tort et que l'on se demandait avec étonnement comment il le supportait. Et il répondit : « Je crois bien qu'ils me font grand tort; mais, quand je pense aux honneurs que Notre-Seigneur me fait, je préfère de beaucoup souffrir mon dommage, que faire chose par laquelle il arrive esclandre entre moi et sainte Église. » Je te rappelle ceci pour que tu ne sois pas trop dispos à croire autrui contre les personnes de sainte Église. Tu dois donc les honorer et les protéger afin qu'elles puissent faire le service de Notre Seigneur en paix.[275]

Il existe donc bel et bien une vocation de la France, rappelée par les papes et mise en œuvre par les rois les plus chrétiens. Cette vocation à défendre la liberté de l'Église semble contenue dans le nom même de notre pays. Bien sûr, la France s'appelle ainsi en souvenir du peuple de Clovis, les Francs. Mais très curieusement, on retrouve aussi dans

---

274. Cité par Vétault, Alphonse, *Charlemagne*, Tours, Alfred Mame et fils, 1877, p. 429-430.
275. cf. Guéranger, Prosper, *Saint Louis et la papauté*, Association saint Jérôme, 2008 (réédition), collection « Sens chrétien de l'histoire », p. 29-30.

ce nom la notion de liberté. En effet, un coup d'œil dans le dictionnaire Littré nous apprend que l'adjectif « franc » est initialement synonyme de « libre ». Aujourd'hui encore, la franchise n'est rien d'autre que le fait de s'octroyer une certaine liberté de parole. Quant à l'expression « avoir les coudées franches », elle désigne la possibilité d'agir librement. De manière mystérieuse, le nom « France » exprime donc la mission à laquelle Dieu appelle ce pays. Quand on sait que « le nom est l'icône de la personne »[276], et que « le nom reçu est un nom d'éternité »[277], faut-il voir là un pur hasard ?

Comme le nom « Israël »[278], le nom « France » est tout à la fois l'expression d'une vocation et d'un risque, celui de détourner cette vocation à son propre profit. Et tout comme Israël, la France a trahi sa vocation, et ce d'une manière similaire à celle du peuple élu : en la défigurant. Elle est ainsi passée de la défense de la liberté ecclésiastique à celle de la liberté tout court. Dans son orgueil, elle a fait de cette liberté une notion absolue, et même une divinité. En atteste le culte qui lui a été officiellement rendu le 10 août 1793, lors de la fête de l'unité et de l'invisibilité de la République française :

> *Sur les débris existants du piédestal de la tyrannie, était élevée la statue de la liberté, dont l'inauguration s'est faite avec solennité; des chênes touffus formaient autour d'elle une masse imposante d'ombrage et de verdure; le feuillage était couvert des offrandes de tous les Français libres. Rubans tricolores, bonnets de la liberté, hymnes, inscriptions, peinture, étaient le fruit qui plaît à la déesse; à ses pieds était un énorme bûcher, avec des gradins au pourtour. C'est là que dans le plus profond silence étaient offerts en sacrifice expiatoire les imposteurs*

276. Cf. *Catéchisme de l'Église catholique*, § 2158.
277. *Idem*, § 2159.
278. Cf. le chapitre « Fort contre Dieu »

attributs de la royauté : là, en présence de la déesse chérie des Français, les quatre-vingt-six commissaires, chacun une torche à la main, s'empressaient à l'envi d'y mettre le feu. La mémoire du tyran a été dévouée à l'exécration publique ; et aussitôt après, des milliers d'oiseaux rendus à la liberté, portant à leur col des légères banderoles, ont pris leurs vols rapides dans les airs, et portaient au ciel le témoignage de la liberté rendue à la terre.[279]

Notez bien qu'à cette époque, la liberté est représentée sous les traits d'une femme… Ce constat a son importance pour la suite.

Cette nouvelle liberté défendue par la France suppose une indépendance radicale de l'homme vis-à-vis de Dieu. En témoigne un nouveau monument édifié à la place de la fontaine de la Régénération, elle-même construite sur l'ancien emplacement de la Bastille. En juillet 1831, Louis-Philippe pose en effet la première pierre de ce qui deviendra la colonne de Juillet. Il entend ainsi commémorer la deuxième révolution française, celle des Trois Glorieuses de juillet 1830. Achevé dix ans plus tard, le monument est surmonté d'une statue qui mérite qu'on s'y arrête. Sculpté en 1836 par Auguste Dumont, *Le Génie de la Liberté* se présente sous l'aspect d'un homme nu, ailé, brandissant de la main droite une torche et de la main gauche les chaînes brisées de la tyrannie. Son pied gauche repose sur un globe et il semble courir vers l'ouest. La plupart des sites internet, dont celui du Louvre[280], vous indiqueront le caractère allégorique

279. *Recueil complet de tout ce qui s'est passé à la fête de l'Unité et de l'Indivisibilité de la République Française, suivi des inscriptions tracées sur les pierres de la Bastille et sur les monumens destinés pour cette cérémonie, avec les six discours prononcés aux stations par le citoyen Hérault de Séchelles, Président de la Convention Nationale terminé par l'hymne, chanté en réjouissance de cette mémorable journée*, Paris, Imprimerie de Chaudrillié, « Détail de la fête de l'unité et de l'indivisibilité de la République », p. 4-5.

280. Cf. la notice de la réplique de l'œuvre, exposée au Louvre : http://www.louvre.fr/oeuvre-notices/le-genie-de-la-liberte

de cette statue : il s'agirait de la représentation sous forme humaine d'une valeur abstraite. Mais outre le fait que le nom de l'œuvre n'est pas *La Liberté,* mais *Le Génie de la Liberté,* cette interprétation pose problème : spontanément, en raison du genre féminin du terme « liberté », on représente la liberté sous l'apparence d'une femme. C'est d'ailleurs ce qui se produit dans les années 1830, comme en témoigne le fameux tableau d'Eugène Delacroix, *La Liberté guidant le peuple*, qui commémore lui aussi les Trois Glorieuses. Le site du Louvre admet lui-même sans difficulté que cette représentation masculine de la Liberté constitue une « rupture avec la tradition artistique »[281]. Tout invite donc à conclure que le *Génie de la Liberté* ne constitue pas une simple allégorie, une idée représentée sous forme humaine, mais qu'il représente quelqu'un.

Qui est donc ce *Génie de la Liberté*? Certains y ont vu Mercure, sans doute à cause de ses ailes et de sa course rapide. Mais là encore, une telle lecture se révèle peu satisfaisante à l'examen : les ailes de cette divinité se situent normalement sur son chapeau et ses sandales, et non dans son dos comme ici. De plus, la sculpture de Dumont ne porte ni sandales, ni chapeau… La torche peut évoquer celle de Prométhée, le Titan qui vole le feu aux dieux. Mais un Titan n'a pas d'ailes. Alors, qui? Un ange qui porte la lumière, cela ne vous rappelle personne? « Porte-lumière », telle est l'exacte signification du nom latin *Lucifer. Le Génie de la Liberté* ne représente donc personne d'autre que l'ange déchu[282]. Un indice de taille nous le confirme : l'étoile à six branches qui surmonte le front de la sculpture. Il s'agit là d'une allusion évidente à « l'astre brillant » évoqué dans le livre d'Isaïe :

281. *Ibidem.*
282. Cf. VAN LUIJK, Ruben, *Children of Lucifer : The Origins of Modern Religious Satanism*, New York, Oxford University Press, 2016, p. 116-117 et p. 457-458, note 12.

Comment es-tu tombé du ciel, astre brillant, fils de l'aurore? Comment es-tu renversé par terre, toi, le destructeur des nations? Toi qui disais en ton cœur : « Je monterai dans les cieux; au-dessus des étoiles de Dieu, j'élèverai mon trône; je m'assiérai sur la montagne de l'assemblée, dans les profondeurs du septentrion; je monterai sur les sommets des nues, je serai semblable au Très-Haut!... » Et te voilà descendu au schéol, dans les profondeurs de l'abîme![283]

Le Génie de la Liberté qui survole aujourd'hui encore la très symbolique place de la Bastille, et que l'on trouvait dans les années 1990 sur certaines pièces de dix francs, nous laisse donc très clairement entrevoir la véritable nature de la liberté voulue par la Révolution : il s'agit d'une liberté sans limites, indépendante de toute référence à un au-delà d'elle-même, à une loi divine qui lui préexisterait. Les valeurs de la république née de la Révolution ne sont rien d'autre que celles d'un nouvel ordre luciférien, où l'homme s'arroge le droit de décider souverainement du vrai et du faux, du bien et du mal.

En trahissant sa vocation, la France n'a pas renoncé à l'idée qui en constituait le fondement, celle de la liberté, actuellement encore mentionnée par la devise républicaine. Elle l'a tout simplement détournée et défigurée. C'est ainsi que l'on est passé de la défense de la liberté de l'Église à celle de la liberté d'avorter et de se marier entre personnes de même sexe... Cependant, même défigurée, cette liberté continue à faire partie d'une certaine idée de la France chez nos hommes politiques : « La France, c'est la liberté de croyances », assure François Hollande le 14 avril 2016, au cours de l'émission

283. *Isaïe*, XIV, 12-15. Pour le commentaire de ce passage, cf. le début du chapitre « Tentations au désert : comment les Juifs de l'évangile y succombent ».

télévisée *Dialogues citoyens*[284]. Avant lui, Nicolas Sarkozy s'était déjà essayé à de longues tirades sur le thème la-France-pays-de-la-liberté. Voici notamment son discours prononcé à Bercy le 29 avril 2007 :

> *Je veux être celui par lequel la France va défendre ses valeurs universelles. Des valeurs avec lesquelles nous ne pouvons pas transiger parce qu'elles sont le fondement de toutes nos politiques, au dedans comme au dehors. Je veux être le président de la liberté de conscience contre tous les intégrismes. Je veux être le président de la liberté d'expression contre toutes les intolérances. Je veux que dans la patrie des droits de l'homme on puisse librement critiquer, librement caricaturer, sans être menacé de mort, sans être exposé à la violence. Je veux qu'à tous ceux qui veulent vivre en France nous ayons le courage de dire que cette idée de la liberté française n'est pas négociable. Ceux qui ne sont pas capables d'entendre la critique, la caricature, la liberté d'opinion, ne sont pas obligés de demeurer sur le sol de la République française. Je veux être le président d'une France qui défend la liberté chez elle mais aussi dans le monde. Parce que c'est la vocation de la France. Je veux être le président de la France des droits de l'homme.*[285]

« Une France qui défend la liberté chez elle mais aussi dans le monde. » Ces derniers mots apportent un nouvel éclairage sur la subversion de la vocation française. Ils nous montre qu'au fond même de sa déchéance, la fille aînée de l'Église a conservé un rôle prépondérant parmi les peuples.

---

284. Cf. « Pour Hollande, ça ne va pas « bien » mais « mieux » », article de Lilian Alemagna et Laure Bretton publié le 14 avril 2016 sur le site de *Libération*.

285. On peut lire l'intégralité de ce discours sur la page http://sites.univ-provence.fr/veronis/Discours2007/transcript.php?n=Sarkozy&p=2007-04-29

Cette prérogative qu'elle tient du temps de sa fidélité, elle l'a conservée aussi à l'époque de sa trahison. Aussi cette trahison ne pouvait-elle représenter un cas isolé : en exportant son modèle révolutionnaire, la France, refusant celle que Dieu lui proposait, s'est façonné aux yeux du monde une nouvelle grandeur... mais elle a aussi attiré de nombreux peuples dans sa révolte et dans sa déchéance. Ce faisant, elle n'a pas agi d'une autre manière que Lucifer lui-même, qui a entraîné d'innombrables anges dans sa chute[286].

Clôturons ce chapitre par une citation du bref *Quod aliquantum*, rédigé par Pie VI dès 1791. Le pape y a très bien perçu la double démarche de la Révolution française : brider la liberté de l'Église d'une part; et de l'autre, proclamer pour tous une liberté sans limites, indépendante de toute transcendance.

> *Et cependant, malgré des principes si généralement reconnus dans l'Église, l'Assemblée nationale s'est attribué la puissance spirituelle, lorsqu'elle a fait tant de nouveaux règlements contraires au dogme et à la discipline; lorsqu'elle a voulu obliger les Évêques et tous les Ecclésiastiques à s'engager par serment à l'exécution de ces décrets. Mais cette conduite n'étonnera pas ceux qui observeront que l'effet nécessaire de la constitution décrétée par l'Assemblée est d'anéantir la Religion catholique, et avec elle l'obéissance due aux rois. C'est dans cette vue qu'on établit, comme un droit de l'homme en société, cette liberté absolue, qui non-seulement assure le droit de n'être point inquiété sur ses opinions religieuses, mais qui accorde encore cette licence de penser, de dire, d'écrire et même de faire imprimer impunément en matière de religion tout ce que peut suggérer l'imagination la plus*

286. Cf. Hildegarde de Bingen, *Scivias, ou les trois livres de visions et révélations*, Paris, R. Chamonal, 1909-1914, livre 1, vision 2, p. 26-27.

déréglée : droit monstrueux, qui paraît cependant à l'Assemblée résulter de l'égalité et de la liberté naturelles à tous les hommes. Mais que pouvait-il y avoir de plus insensé, que d'établir parmi les hommes cette égalité et cette liberté effrénée qui étouffe complètement la raison, le don le plus précieux que la nature ait fait à l'homme, et le seul qui le distingue des animaux ? Dieu, après avoir créé l'homme, après l'avoir établi dans un lieu de délices, ne le menaça-t-il pas de la mort s'il mangeait du fruit de l'arbre de la science du bien et du mal ? Et par cette première défense ne mit-il pas des bornes à sa liberté[287] *? Lorsque dans la suite sa désobéissance l'eut rendu coupable, ne lui imposa-t-il pas de nouvelles obligations par l'organe de Moïse ? et quoiqu'il eût laissé à son libre arbitre le pouvoir de se déterminer pour le bien ou pour le mal, ne l'environna-t-il pas « de préceptes et de commandements, qui pouvaient le sauver s'il voulait les accomplir » ?* [288]

287. Selon l'article 4 de la *Déclaration des Droits de l'Homme et du Citoyen de 1789*, « ces bornes ne peuvent être déterminées que par la Loi », nouvelle preuve du fait que lors de la Révolution française, l'homme prétend remplacer Dieu.
288. Ecclesiastic. Cap. XV, vers. 15 et 16.

CHAPITRE V

DES ROIS ENTRE AUTO-SACRALISATION ET CONSÉCRATION

Les pages qui précèdent nous montrent à quel point la Révolution française marque une rupture radicale entre la France et Dieu. Il ne conviendrait pas pour autant d'en conclure que la longue période prérévolutionnaire s'est déroulée sans anicroches. Elle a en fait alterné entre des phases où le pouvoir français entendait prendre son autonomie par rapport à l'Église voulue par Dieu et d'autres où il se reconnaissait humblement subordonné à celle-ci. Souvent, des événements douloureux, interprétés comme des châtiments divins, favorisaient le passage de la première attitude à la seconde. À l'inverse, les périodes de prospérité tendaient à provoquer l'oubli de la primauté du roi du ciel et de la hiérarchie instaurée par celui-ci. Une telle lecture de l'histoire de France n'est pas sans évoquer celle que l'on fait habituellement de l'Ancien Testament… Elle se trouve aussi confortée par une autre lecture, celle du testament de saint Rémy, qui promet de nombreuses bénédictions aux rois qui protégeront l'Église et toutes sortes de malédictions à ceux qui oseront porter la main sur elle.[289]

DE PHILIPPE LE BEL À SAINTE JEANNE D'ARC

En 1285, Philippe III le Hardi meurt et son fils monte sur le trône. Voici en quels termes Edgar Boutaric résume les enjeux de ce nouveau règne :

> *Le pouvoir royal, tel qu'il échut à Philippe le Bel, avait reçu de Philippe-Auguste et de saint Louis d'immenses accroissements. La France touchait alors à l'un de ces moments solennels dans la vie des peuples qui décident de leurs destinées. Le système féodal avait été comprimé avec l'aide du tiers état et du clergé : l'ancienne constitution était changée ; la nouvelle n'était pas encore fixée ; l'avenir dépendait de la conduite que tiendrait Philippe le Bel. On se trouvait devant cette alternative : ou la royauté, se dégageant de toutes les entraves, irait aboutir à la monarchie absolue ; ou bien l'aristocratie et le tiers état formeraient une alliance et seraient assez forts pour se faire appeler, comme en Angleterre, dans les conseils du monarque, et conquérir une part dans l'administration des affaires publiques. La vigueur et l'adresse de Philippe le Bel firent pencher la balance du côté de la couronne : avec lui commença la monarchie féodale absolue, qui subsista jusqu'au roi Jean, sans contre-poids ni dans le clergé, ni dans la noblesse, ni dans la bourgeoisie.*[290]

289. Cf. Flodoard, *Historiae Ecclesiae Remensis libri quatuor*, livre 1, chapitre XVIII, in *Patrologiae cursus completus, series latina*, Paris, Migne, 1879, tome 135, p. 66-68.
290. Boutaric, Edgar, *La France sous Philippe le Bel : étude sur les institutions politiques et administratives du Moyen Âge*, Paris, Plon, 1861, p. 3-4.

Bien avant Louis XIV, Philippe IV le Bel se présente comme un roi qui entend gouverner seul. Sa recherche d'un pouvoir absolu va le conduire à affronter l'Église catholique. Autour de l'année 1300, des incidents de tous ordres se multiplient entre l'administration royale et le clergé : exactions fiscales, confiscation de terres, procès civil contre l'évêque de Pamiers...[291] Le pape Boniface VIII réagit alors par la publication de nombreuses publications, dont celle des bulles *Ausculta fili* (décembre 1301) et *Unam Sanctam* (novembre 1302). Dans ces documents, il accuse le roi de faire de la fausse monnaie[292], d'opprimer l'Église et lui rappelle la supériorité du pouvoir spirituel sur le pouvoir temporel. Mais ces avertissements ne produisent pas le résultat escompté : en février 1302, Philippe fait publiquement brûler la bulle *Ausculta fili*[293]. Le 10 avril, il réunit à la cathédrale Notre-Dame de Paris les premiers États généraux connus de l'histoire de France et y tient les propos suivants : ses ancêtres ont reçu le royaume de Dieu seul et lui-même entend bien le maintenir dans un état de totale indépendance vis-à-vis de Rome[294]. Quant à la bulle *Unam Sanctam,* elle contribue à précipiter la fin du pape. En effet, suite à sa publication, Philippe envoie en Italie Guillaume de Nogaret afin de contraindre Boniface à réunir un concile en vue de sa propre déposition. Là, l'envoyé apprend que la bulle qui doit excommunier Philippe le

291. *Idem*, p. 92-104.
292. Il est intéressant de constater que dans l'histoire de l'Occident, l'émission de « monnaie de singe » va souvent de pair avec une politique de persécution de l'Église catholique. Citons pêle-mêle Néron, Philippe le Bel, Henry VIII d'Angleterre, la Révolution française... Il ne s'agit pas d'une simple coïncidence. Ces deux attitudes constituent deux symptômes d'une seule et même maladie : l'autoréférentialité luciférienne. En vertu de cette dernière, les gouvernants mentionnés plus haut ont prétendu fixer eux-mêmes les critères du vrai et du bien, en dehors de toute vérité révélée... et l'argent, « comme affranchi de sa nature de signe, s'est mis à proliférer pour rien d'autre que lui-même, indépendamment de toute référence à des richesses réelles, à un au-delà de lui-même ». Cf. Martin, Antoine, *Le Chant dans la fournaise : de la nécessaire insoumission chrétienne face aux nouvelles théologies*, Paris, Kontre Kulture, 2015, p. 81.
293. Boutaric, Edgar, *op. cit.*, p. 105-107.
294. *Idem*, p. 21-23.

Bel sera promulguée prochainement. Il n'y a pas de temps à perdre : Nogaret passe à l'action. C'est le fameux attentat d'Anagni de septembre 1303, au cours duquel les Français enlèvent le pape et le séquestrent durant trois jours. En vain : Boniface refuse de convoquer le concile qui le destituerait. Finalement délivré par le peuple d'Anagni, le vieillard, sous le choc, meurt un mois plus tard[295]. Suite à ces démêlés, ses successeurs s'établissent en Avignon pendant soixante-dix ans. Cette situation débouche à la fin du XIVe siècle sur le Grand Schisme d'Occident : pendant près de quarante ans, différents prétendants au trône de saint Pierre s'affrontent, chacun affirmant être le pape légitime et excommuniant les autres, au grand scandale de toute la chrétienté, qui ne sait plus qui croire.

On le voit, l'orgueil de Philippe le Bel a eu de très lourdes conséquences. Lorsque sainte Jeanne d'Arc naît en 1412, l'Église catholique se trouve dans un état calamiteux. Sur le plan temporel, la France traverse elle aussi une crise gravissime. Elle se trouve alors dans cette période sombre qu'on appellera plus tard la guerre de Cent Ans. Pour ne rien arranger, le roi Charles VI, qui règne de 1380 à 1422, devient fou. Ses contemporains s'efforcent de comprendre les causes du malheur de la France. Un jour de 1413, certains grands du royaume s'assemblent en secret afin de se consulter sur le sujet. Parmi eux se trouve le seigneur de Traignel, longtemps gouverneur de Paris. Un moment de cet entretien vaut la peine d'être rapporté ici :

Et y eut l'un d'eux qui dit, qu'il avoit veu plusieurs histoires, et que toutes les fois que les Papes, et les Rois de France avoient esté unis ensemble en bonne amour, que le royaume de France avoit esté en bonne prosperité : et se doutoit que les excommuniemens et maledictions que fit

295. *Idem*, p. 110-118.

le pape Boniface huictiesme sur Philippe le Bel, jusques à la cinquiesme generation, et depuis renouvellées, comme l'on dit, par Benedict, ne fussent cause des maux et inconveniens qu'on voyoit. Car Philippes le Bel delaissa trois beaux fils, lesquels moururent sans hoirs mâles. Philippes de Valois eut bien à faire[296]*. Et si eut le roy Jean, qui fut pris en la bataille de Poictiers. Et eut un fils nommé Charles cinquiesme, dit le Sage, qui eut de grandes guerres, et eut deux enfants, Charles qui regne de present malade, comme il estoit notoire*[297]*, et Louys qui mourut piteusement*[298]*. Que de present, qui mettroit le tout en bon estat et gouvernement és enfans du Roy, tout devoit cesser. Laquelle chose fut fort pesée et considerée par ceux de l'assemblée.*[299]

Dès 1413, de grands personnages du royaume considèrent donc les calamités qui s'abattent sur la France comme un châtiment divin, envoyé en réponse à l'orgueil de Philippe IV. Pourtant, à cette époque, la France n'a pas encore touché le fond. Deux ans plus tard, survient le désastre d'Azincourt. En 1420, le traité de Troyes dénie au Dauphin Charles le droit de succéder à son père sur le trône de France ; après la mort de Charles VI, la couronne devra passer à Henri, alors roi d'Angleterre !

C'est dans ce contexte catastrophique qu'intervient Jeanne d'Arc, sortie de nulle part. Enfin, pas tout à fait de nulle part : la jeune fille qui va délivrer la France naît et grandit à Domremy, village ainsi nommé en hommage à saint Rémy. On la baptise d'ailleurs dans la petite église de ce village, dédiée à l'évêque qui avait baptisé Clovis. Dès ses

296. C'est effectivement sous son règne (1328-1350) que commence la guerre de Cent Ans.

297. Allusion à la célèbre folie de Charles VI.

298. Louis Ier d'Orléans est assassiné à Paris en 1407.

299. DES URSINS, Jean Juvénal, *Histoire de Charles VI, roy de France, et des choses mémorables advenues durant quarante-deux années de son règne, depuis 1380 jusques à 1422*, in « Nouvelle collection des mémoires pour servir à l'histoire de France, depuis le XIIIe siècle jusqu'à la fin du XVIIIe », éditée par Michaud et Poujoulat, Paris, 1836, première série, deuxième tome, p. 482.

premiers jours, la vie de Jeanne semble donc rappeler que les rois n'ont pas reçu la France de Dieu seul, ainsi que le prétendait insolemment Philippe le Bel le 10 avril 1302. Ils l'ont reçue d'un évêque catholique et ne doivent pas l'oublier. Aucun souverain ne peut donc se prévaloir de son titre pour aller contre l'Église voulue et guidée par Dieu. Or, comme on vient de le voir, certains grands du royaume attribuent alors les malheurs de la France à l'orgueil luciférien de Philippe le Bel. Dans cette perspective, il est intéressant de relever ceci : celle qui va guérir le royaume reçoit ses premières instructions de l'archange saint Michel[300], dont le nom signifie justement : « Qui est comme Dieu ? » Ce nom se présente sous forme d'interrogation, mais il s'agit là d'une question purement rhétorique, qui indique nettement en elle-même la réponse à apporter : « Personne n'est comme Dieu. »

La mission temporelle de Jeanne d'Arc s'accompagne de ce message très clair sur le plan spirituel : le royaume n'appartient pas au roi, mais à Dieu le roi du ciel. En témoigne un épisode célèbre, la triple donation du 21 juin 1429 :

> *Un jour, la Pucelle demanda au roi de lui faire un présent. La prière fut agréée. Elle demanda alors comme don le royaume de France lui-même. Le roi étonné le lui donna après quelque hésitation, et la jeune fille l'accepta. Elle voulut même que l'acte en fût solennellement dressé et lu par les quatre secrétaires du roi. La charte rédigée et récitée à haute voix, le roi resta un peu ébahi, lorsque la jeune fille le montrant dit à l'assistance : « Voilà le plus pauvre chevalier de son royaume. »*

Et après un peu de temps, en présence des mêmes notaires, disposant en maîtresse du royaume de France, elle

300. Ayroles, Jean-Baptiste-Joseph, *La Vraie Jeanne d'Arc, la Pucelle devant l'Église de son temps, la martyre,* Lyon, Emmanuel Vitte, 1902, p. 272-273.

le remit entre les mains du Dieu tout-puissant. Puis, au bout de quelques autres moments, agissant au nom de Dieu, elle investit le roi Charles du royaume de France ; et de tout cela elle voulut qu'un acte solennel fût dressé par écrit.[301]

La pire manière de comprendre cet événement, c'est de penser qu'il ne s'est rien passé, que Jeanne s'est contentée de gâcher du papier : le royaume était à Charles et revient à Charles ; retour à la case départ ! Bien au contraire, par cet acte solennel, Jeanne consacre la France à Dieu. Elle rappelle en même temps au roi qu'il ne doit pas disposer du royaume en propriétaire. En effet, il n'est que le lieutenant de Dieu, non pas sacré en lui-même, mais consacré lui aussi, c'est-à-dire sacré par participation à une autorité divine qui le dépasse et à laquelle il devra rendre des comptes. De cet état de fait témoigne le sacre, qui revêt une si grand importance aux yeux de Jeanne. Lors de cette cérémonie, le roi reçoit de l'Église une onction qui imprime en lui un caractère divin. Il participe ainsi, de manière mystérieuse mais réelle, à l'unique royauté du Christ. Pour Charles VII, cette cérémonie aura lieu un mois après la triple donation, le 17 juillet 1429. Elle se tiendra en la ville de Reims, reprise la veille aux Anglais pour l'occasion. La sainte a voulu que l'on célèbre le sacre dans cette ville et non ailleurs, afin de l'inscrire dans la continuité des précédents. Charles recevra donc l'onction royale au lieu même où Rémi a baptisé et oint Clovis, en 496. Ce faisant, Jeanne ramène la France aux sources de sa vocation.

DE CHARLES VII À LOUIS XIII

Par définition, la monarchie absolue prétend se passer de tout contrôle. Elle aspire à une indépendance complète, y compris vis-à-vis de l'Église. L'adjectif latin *absolutus,*

301. Ayroles, Jean-Baptiste-Joseph, *La Vraie Jeanne d'Arc, la Pucelle devant l'Église de son temps, documents nouveaux*, Paris, Gaume et Cie, 1890, p. 57-58.

qui provient initialement du verbe *absolvo*, c'est-à-dire « détacher », « délier », détient plusieurs significations qui regardent toutes dans la même direction : celle de l'autonomie intégrale. « Achevé », « parfait », « complet », « qui forme par soi-même un tout »... telles sont les définitions que nous livre un bon vieux Gaffiot. Certains exemples valent aussi le détour : un *nomen absolutum* est ainsi un « nom qui a un sens complet par lui-même ». Cette petite parenthèse étymologique nous permet de mieux saisir les enjeux et les risques de l'absolutisme royal. Il ne s'agit pas simplement d'une rupture dans l'équilibre des pouvoirs. L'absolutisme entraîne naturellement le souverain à se croire au-dessus de toutes les lois, y compris des lois divines. Et il implique tôt ou tard une prise de distance politique du roi vis-à-vis de Rome, voire une tentative de disputer au pape le contrôle de l'Église sur le territoire du royaume. La tendance à l'absolutisme porte donc en elle-même les germes du gallicanisme.

On fixe couramment la naissance de l'absolutisme royal à la Renaissance. Nous avons déjà vu à propos de Philippe le Bel qu'il convient de relativiser cette opinion. Disons plutôt que passé le pire de la Guerre de Cent ans, les tentations absolutiste et gallicane s'imposent avec plus de force dans les institutions. À peine Jeanne d'Arc vient-elle d'apporter son aide décisive contre les Anglais que Charles VII promulgue la Pragmatique sanction de Bourges (1438). Par cette dernière, il prétend de manière unilatérale détenir des droits sur l'Église de France, et limiter par la même occasion ceux du pape. Elle est déjà bien loin, cette assemblée de 1413 où des grands du royaume attribuaient les malheurs de la France à la révolte de Philippe le Bel contre Boniface VIII. Les rois, comme tous les hommes, ont la mémoire courte...

On estime que le règne de François Ier contribue à la montée en puissance de l'absolutisme, qui atteindra son apogée sous Louis XIV. Le futur vainqueur de Marignan reçoit l'onction royale le 25 janvier 1515. Le voilà donc consacré par Dieu et par l'Église dans sa charge. Pourtant, le roi supporte mal l'idée de tenir d'une institution le caractère sacré de sa fonction. Recevoir de l'Église son investiture, cela signifie la reconnaître supérieure, lui devoir obéissance et lui accorder un droit de regard. Une tentation de nature luciférienne se présente alors au souverain : celle d'affirmer à tous le caractère sacré de sa fonction, non plus tant comme provenant de l'institution ecclésiale qu'en concurrence avec cette dernière. Cette relation ambiguë, voire tendue, entre le pouvoir royal et l'Église transparaît de manière très lisible dans l'architecture du château de Chambord, entrepris par François Ier et achevé par... Louis XIV :

> *Le château de Chambord est alors l'instrument parfait de la propagande royale. Les 40 appartements identiques du donjon sont à l'image d'une société idéale, assujettie et harmonisée autour du souverain. L'escalier central et sa lanterne s'inscrivent au cœur d'un plan en croix grecque qui emprunte à la symbolique sacrée : à l'autel d'où montent les prières est substitué un escalier de pierre*[302] *où les courtisans s'élèvent vers le roi. François Ier détourne ainsi subtilement les référents culturels de son époque pour célébrer et affirmer le pouvoir de la monarchie. À l'image d'un clocher arborant une croix, la tour lanterne brandit vers le ciel une fleur de lys colossale.*

Des initiales du roi aux innombrables salamandres, tous les emblèmes royaux se concentrent au château de Chambord et donnent à contempler l'image d'un pouvoir absolu et centralisé. Enfin, l'opposition symétrique du logis

302. Le fameux escalier à double vis.

du roi et de la chapelle crée un parallèle entre ces deux représentations : le roi s'affirme comme l'égal de l'Église. Au château de Chambord, l'architecture est un langage. François Ier pose ainsi les bases de l'absolutisme royal, dont le château de Chambord demeure le plus étonnant manifeste.[303]

Il faut ajouter que la croix qui surmonte la chapelle du château se trouve à une hauteur moindre que la fleur de lys centrale. Dans l'esprit de François Ier, il reste hors de question qu'un quelconque clocher vienne faire de l'ombre à sa tour lanterne…

Pierre de Bérulle (1575-1629), éminent homme d'Église, fondateur de la Société de l'Oratoire, va exercer une influence prépondérante sur la spiritualité du XVIIe siècle. Il publie en 1623 son *Discours de l'État et des grandeurs de Jésus*. Dans sa dédicace au roi Louis XIII, voici ce qu'il affirme à propos de la fonction royale :

> *Un monarque est un Dieu, selon le langage de l'Écriture : un Dieu non par essence, mais par puissance ; un Dieu non par nature, mais par grâce ; un Dieu non pour toujours, mais pour un temps ; un Dieu non pour le ciel, mais pour la terre ; un Dieu non subsistant, mais dépendant de celui qui est le subsistant de par soi-même ; qui étant le Dieu des dieux, fait les rois dieux en ressemblance, en puissance et en qualité, dieux visibles, images du Dieu invisible.*[304]

En soi, on ne peut rien reprocher à cette affirmation. Pierre de Bérulle y rappelle bien que le roi dépend d'un Dieu

303. Domaine national de Chambord, *Dossier enseignant, Le château de Chambord et son parc*, Céladon éditions pour Fleurus jeunesse, 2013, p. 10. On peut consulter ce document au format pdf sur le site www.chambord.org.

304. *Œuvres complètes de de Bérulle, Cardinal de l'Église Romaine, augmentées de plusieurs opuscules inédits et d'un grand nombre de pièces recueillies dans divers ouvrages, disposées dans un ordre logique*, Paris, Migne, 1856, p. 115-116.

qui le dépasse infiniment. Il évoque aussi le caractère mortel du souverain. Lu dans le contexte de la longue dédicace à Louis XIII, ce passage reste donc impeccable et ne présente aucun risque de contresens. Mais l'image du roi-Dieu est suffisamment frappante pour être retenue pour elle-même, indépendamment de toutes les nuances et précautions qu'a pu y apporter Pierre de Bérulle. Dans sa préface, ce dernier recourt à une autre image pour décrire la fonction royale, une image promise à une carrière célèbre. Celle du soleil :

> *Aussi un roi est un soleil en son royaume, mais un soleil vivant et animé, qui par sa présence résout les affaires de son État; qui par sa force dissipe les brouillards des esprits rebelles; qui par ses mouvements réglés fait la distinction des temps, des personnes et des offices; qui par la splendeur de ses lois orne et embellit son empire, et qui par la vigueur de son influence fait renaître le courage, revivre les espérances et refleurir les vertus cachées dedans le sein de ses sujets.*[305]

En soi, le symbole du soleil pour décrire la royauté ne pose pas de problème en contexte chrétien, dès lors qu'on se souvient que le soleil, malgré sa splendeur, demeure une simple créature. En revanche, extraire ce symbole de ce contexte, comme le fera Louis XIV, s'avère éminemment risqué[306].

Pour l'heure, Louis XIII se comporte authentiquement en roi très chrétien. Il faut remarquer qu'aucun conflit avec la papauté ne vient entacher son règne. Tout au plus pourrait-on lui reprocher sa politique d'alliance avec les pouvoirs protestants pour contrer les avancée de l'Espagne catholique. Mais sur le territoire national, Louis XIII demeure intraitable

---

305. *Idem*, p. 113-116.
306. Voir le chapitre suivant.

avec les Réformés qui cherchent à s'organiser en puissance politique, même s'il tolère leur culte par ailleurs. En 1628, la prise de la Rochelle écarte la menace d'un bastion protestant dans la France catholique. Pour commémorer ce triomphe, Louis XIII entreprend la construction de la basilique Notre-Dame-des-Victoires à Paris.

En 1637, le roi et son épouse Anne d'Autriche, mariés en 1615, n'ont toujours pas d'enfants. Depuis un certain temps déjà, la reine fait prier à cette intention. Un religieux de l'ordre des Augustins déchaussés, le frère Fiacre, reçoit alors l'inspiration de conseiller à la Reine de prier trois neuvaines, après quoi elle sera exaucée. Il s'en ouvre à son confesseur et à son supérieur, et leur demande l'autorisation de transmettre ce message à la reine. Mais il se voit opposer un refus : qui peut leur assurer que le frère ne se trouve pas dans l'illusion ? Un jour de fin octobre 1637, la même idée vient obséder le religieux. À nouveau, il en fait part à ses supérieurs. Ces derniers réclament un signe qui garantisse l'origine divine de cette inspiration. Le 3 novembre suivant, à deux heures du matin, le pieux frère est tiré de sa prière par les cris d'un nourrisson. Levant les yeux, il voit alors la Sainte Vierge qui tient un enfant dans ses bras. Le religieux s'apprête à adorer ce dernier, mais la Mère de Dieu l'arrête par ces mots : « L'enfant que je tiens entre mes bras, lui dit-elle, n'est pas mon Fils, c'est le dauphin que Dieu veut donner à la France. » L'apparition se produit une deuxième, puis une troisième fois dans la même nuit. À la quatrième, vers quatre heures, la Sainte Vierge accède à la demande des supérieurs du frère : elle montre à celui-ci une image, située, précise-t-elle, « à Notre-Dame-de-Grâces en Provence ». Lorsqu'il décrit l'image et l'église à son supérieur et à son confesseur, ceux-ci n'ignorent pas que jamais le frère Fiacre, de son couvent parisien, ne s'est rendu dans ce sanctuaire, qui se trouve à Cotignac, à quelques soixante-dix kilomètres au nord de Toulon. Eux-mêmes n'ont pas eu l'occasion d'y mettre les pieds. Aussi décident-ils de se faire dépeindre les lieux dont parle le frère par des personnes qui y sont allées. Ce projet mis à exécution, ils ne peuvent que constater la conformité de l'une et l'autre descriptions. De toute cette affaire, un procès-verbal est dressé le 5 novembre suivant. Le cardinal de la Rochefoucault en informe la reine quelques jours plus tard. Entre-temps, inquiet du retard pris par ses supérieurs, le frère Fiacre entreprend lui-même de s'acquitter des trois neuvaines. Il les termine le 5 décembre 1637. Neuf mois plus tard jour pour jour, le 5 septembre 1638, Anne d'Autriche accouchera d'un garçon[307], nommé Louis-Dieudonné, c'est-à-dire « donné par Dieu ».

Louis XIII n'attend guère cette naissance pour manifester sa gratitude à Dieu. Dès le 10 février 1638, il fait publier un texte dans lequel, après avoir rappelé les bienfaits que lui a prodigués la Providence, il consacre l'ensemble du royaume à la sainte Vierge et le place sous sa protection. Il ordonne également qu'une commémoration de cette consécration soit célébrée chaque année le 15 août, jour de l'Assomption, dans toutes les églises de France. Le roi demande aussi que soit représentée à Notre-Dame de Paris une descente de croix, où lui-même, présent, offre son sceptre et sa couronne à la Mère de Dieu et à son Fils. De nombreuses œuvres d'art contemporaines de l'événement nous montrent d'ailleurs Louis XIII dans cette posture[308]. Par un tel acte, le monarque entend honorer la Vierge, attirer sur la France les faveurs divines, mais aussi rappeler à ses sujets la primauté de Dieu

307. Gabriel de Sainte Claire, *La vie du vénérable frère Fiacre, augustin déchaussé, contenant plusieurs traits d'histoire, et faits remarquables arrivés sous les règnes de Louis XIII et Louis XIV,* Paris, Jean Jombert, 1722, p. 38-48.

308. Cf. *Le Vœu de Louis XIII*, tableau de Philippe de Champaigne, un tableau du même titre de François Mimault, une gravure du même titre de Gilles Rousselet, une autre gravure intitulée *Les Vœux du Roi et de la Reine* de Grégoire Huret, une gravure du même titre d'Abraham Bosse, pour ne citer que quelques exemples d'œuvres produites entre 1638 et 1640.

sur toutes choses. L'enfant du miracle, Louis-Dieudonné, saura-t-il retenir cette leçon ?

LES AMBIGUÏTÉS DU ROI-SOLEIL

À bien des égards, le rapport de Louis XIV à la religion s'inscrit dans une continuité avec ceux qui l'ont précédé. Le nom « Louis » ne constitue d'ailleurs qu'une déformation du nom « Clovis » que portait le premier roi de France. Le prénom du Roi-Soleil renvoie donc non seulement à celui de ses ancêtres, mais aux fondations mêmes du royaume de France. Cette continuité, c'est aussi celle de la reconnaissance que, dans le sillage de son père, le souverain exprime à Dieu pour sa venue au monde miraculeuse. Le 21 février 1660, le jeune Louis XIV se rend en effet à Cotignac afin de manifester sa gratitude à Notre-Dame-de-Grâces, à qui l'une des trois neuvaines de sa mère était dédiée.

Mais peu à peu, l'orgueil de Louis XIV se donne libre cours. On en trouve la trace dans l'art de son époque. Dès 1653, le fameux *Ballet royal de la Nuit* se clôt sur son apparition en Apollon, dieu solaire. Le texte écrit pour l'occasion par Isaac de Benserade lui attribue, en autres paroles, ces vers :

Déjà seul je conduis mes chevaux lumineux,
Qui traînent la splendeur et l'éclat après eux,
Une divine main m'en a remis les rênes,
Une grande déesse a soutenu mes droits,
Nous avons même gloire, elle est l'Astre des Reines,
Je suis l'Astre des Rois.[309]

309. Benserade, Isaac de, *Ballet royal de la Nuict, divisé en quatre Parties, ou quatre Veilles, et dansé par sa Majesté le 23 février 1653*, Paris, Robert Ballard, 1653, p. 66. Orthographe modernisée.

Dans ce sizain, le soleil naissant chante, de manière détournée mais réelle, sa propre divinité : la lune est une « déesse », or il a « même gloire » qu'elle ; concluez donc, chers spectateurs !

Certes, le recours à la mythologie dans les ballets de cour n'a rien de nouveau. Quant à l'identification des rois aux dieux mythologiques, elle ne date pas de Louis XIV. Déjà en 1623, le *Ballet de la Reyne représentant les fêtes de Junon la Nopcière* avait identifié la reine Anne d'Autriche à l'épouse de Jupiter, et donc, par ricochet, la figure de Louis XIII à celle du roi des dieux. Toutefois, le roi n'intervenait pas dans ce divertissement. La nouveauté réside ici dans la manière toute personnelle dont Louis XIV assume ce processus de divinisation, qui n'est plus simplement le fait d'artistes désireux de plaire au souverain. Entre le père et le fils, la différence est de taille. Dans les ballets de cour, Louis XIII se contentait le plus souvent de rôles subalternes et modestes. Il ne semble pas avoir tenu celui de divinités. En revanche, il aimait jouer le personnage de Godefroy de Bouillon, le chevalier qui avait libéré Jérusalem des musulmans[310]. Louis XIV, quant à lui, paraît se sentir à l'aise dans les costumes des dieux païens, même s'il représentait aussi volontiers d'autres personnages. Deux ans avant le *Ballet de la Nuit*, il joue notamment le rôle d'un Titan, qui déclame les vers suivants :

> *Ma naissance est si haute et si proche des cieux,*
> *Que je ne pense pas être un ambitieux*
> *Dont la témérité ne se puisse défendre,*
> *Et fait comme je suis, le Ciel pourrait me prendre*
> *Moins pour un des Titans que pour un de ses dieux.*[311]

310. *Ballet de la délivrance de Renaud* (1617), *Ballet des aventures de Tancrède en la forêt enchantée* (1619). Cf. sur le sujet ROUCHER, Eugénia, "Entre le bel estre et le paroistre : la danse au temps de Louis XIII", chapitre « Du "Soleil des Roys" au Roi-Soleil », in DURON, Jean (éd.), *Regards sur la musique... au temps de Louis XIII*, Wavre : Mardaga, 2007, p. 111-113.

311. *Ballet des Festes de Bacchus* (1651), in FONTENELLE, Bernard Le Bouyer de, *Recueil des plus*

En 1654, Louis XIV joue à nouveau le rôle d'Apollon dans *Les Noces de Pélée et de Thétis*. Le ballet s'ouvre sur ces vers du roi :

> *Plus brillant et mieux fait que tous les Dieux ensemble,*
> *La Terre ni le Ciel n'ont rien qui me ressemble,*
> *De rayons immortels mon front est couronné...*[312]

Excusez du peu... En 1656, le roi incarne Pluton, le dieu des enfers, dans le *Ballet de Psyché ou de la Puissance de l'amour*. Deux ans plus tard, dans le cadre du *Ballet d'Alcidiane* (1658), il enfile le costume d'Éole, dieu des vents. Il joue en 1661 le rôle de Jupiter dans le *Ballet de l'Impatience* ; il est ici habillé en Diane, dans le but de séduire sous ce déguisement la nymphe Callisto. La même année, il représente Cérès, déesse de la fertilité, dans le *Ballet des Saisons*. En 1670, il apparaît une dernière fois dans *Les amants magnifiques*, déguisé en Neptune, puis en Apollon.

Bien évidemment, il faut avant tout voir dans ces ballets des divertissements. Mais on admet communément aujourd'hui que ces représentations constituent aussi un outil de propagande, une mise en scène du pouvoir. Elles nous disent quelque chose de la manière dont le roi envisage sa fonction et prétend la faire envisager aux autres :

> *Ces ballets étant marqués par une participation aristocratique et princière prédominante, voire exclusive, ils constituaient la possibilité par excellence de mettre en scène une « image » symbolique de soi, à l'instar de Louis XIV qui, en se produisant lui-même dans de nombreuses*

---

belles pièces des poëtes françois, tant anciens que modernes, avec l'histoire de leur vie, Amsterdam, George Gallet, 1692, tome 5, p. 274. Orthographe modernisée.

312. Benserade, Isaac de, *Les nopces de Pélée et de Thétis. Comédie italienne en musique, entremêlée d'un ballet sur le même sujet, dansé par sa Majesté,* Paris, R. Ballard, 1654, p. 6.

œuvres, sut imposer son mythe personnel, apollinien et solaire.[313]

De cette volonté témoignent aujourd'hui encore certaines des œuvres d'art qui décorent le château de Versailles : *Louis XIV en Apollon triomphant du serpent Python* et *Louis XIV en Apollon conduisant le char du Soleil,* miniatures réalisées par Joseph Werner vers 1664, ou encore le monumental *Portrait mythologique de la famille de Louis XIV*, peint par Nocret en 1670, où le roi pose dans le costume de la divinité solaire. Il ne s'agit là que de quelques exemples parmi d'innombrables autres. Une *Histoire de France* du début du siècle dernier affirme même la chose suivante :

Versailles a été construit tout exprès pour que le monarque puisse y exiger des honneurs presque divins ; les cérémonies du palais ont un caractère liturgique et une pompe théâtrale ; le courtisan qui traverse la chambre du roi, même absent, et qui passe devant son lit, fait une génuflexion comme devant un autel. L'architecture, la sculpture, la peinture, comme la poésie, se donnent pour tâche la divinisation du roi, du « Roi-Soleil ».[314]

Des dieux de l'Olympe, Louis XIV a aussi eu les mœurs, ainsi qu'on le sait. Contrairement à Louis XIII, fidèle à son épouse, le Roi-Soleil multiplie les amantes : La Vallière, la Montespan, pour ne mentionner que celles dont Sa Majesté reconnaît les enfants… Se croyant même au-dessus des lois fondamentales du royaume, il promulgue l'édit du 29 juillet

---

313. Mourey, Marie-Thérèse, « L'art du ballet de cour au xviie siècle : poétique de l'image animée », communication effectuée dans le cadre du colloque *La construction des images : persuasion et rhétorique, création des mythes,* organisé par la Sorbonne du 11 au 13 juin 2009. On retrouvera le texte de cette communication sur le site paris-sorbonne.fr

314. Petit, Maxime, *Histoire de France illustrée, tome second, de 1610 à 1871,* Paris, Larousse, 1909, p. 97-98.

1714, qui rend deux de ses bâtards aptes à lui succéder sur le trône ! Indigné, le Parlement de Paris cassera cette disposition après la mort du monarque (1715).

Tous les éléments que nous avons mentionnés plus haut ne représentent que les symptômes d'une maladie spirituelle, bien identifiée un siècle plus tard par Joseph de Maistre, qui met toutefois moins en cause Louis XIV que son entourage :

> *Si l'on songe aux succès éblouissants d'une très-longue partie de son règne, à cette constellation de talents qui brillaient autour de lui, et ne réunissaient leur influence que pour le faire valoir; à l'habitude du commandement le plus absolu, à l'enthousiasme de l'obéissance qui devinait ses ordres au lieu de les attendre, à la flatterie qui l'environnait comme une sorte d'atmosphère, comme l'air qu'il respirait, et qui finit enfin par devenir un culte, une véritable adoration, on ne s'étonnera plus que d'une chose, c'est qu'au milieu de toutes les séductions imaginables, il ait pu conserver le bon sens qui le distinguait, et que de temps en temps encore il ait pu se douter qu'il était un homme.*[315]

De temps en temps, mais pas toujours...

En 1673, le souverain entre en désaccord avec le pape à propos de la régale. Le droit de régale autorise le roi à percevoir les revenus d'un diocèse dont le siège se trouve vacant et à choisir son évêque. Ce droit ne concerne pas tous les diocèses : certains d'entre eux jouissent d'une exemption. Louis XIV, qui a dépensé de fortes sommes dans ses guerres, prétend renflouer son trésor en étendant son droit de régale à tous les diocèses. L'évêque de Pamiers ne l'entend pas de cette oreille

315. Maistre, Joseph de, *De l'Église gallicane dans son rapport avec le Souverain Pontife*, Lyon, Rusand, 1821, p. 112.

et trouve un appui dans le pape Clément X. L'affaire en reste à peu près là jusqu'à la paix de Nimègue (1679). Le roi, en guerre contre toute l'Europe, a bien d'autres préoccupations et ne peut se payer le luxe d'un conflit avec la papauté... Mais en 1681, décidé à vider cette affaire, Louis XIV fait réunir une première assemblée ecclésiastique, puis une seconde en 1682. En sortiront les fameux quatre articles selon lesquels : 1) le pouvoir temporel des rois n'est soumis, ni directement, ni indirectement, à l'autorité de l'Église ; 2) l'autorité d'un concile œcuménique est supérieure à celle du pape ; 3) l'autorité spirituelle du pape est bornée par les constitutions, les lois et les coutumes du royaume ; 4) en matière de foi, une décision du pape ne devient irréformable qu'après approbation de l'Église universelle. On le voit, cette doctrine a des points communs avec celle jadis professée par Philippe le Bel.

Le 23 mars 1682, Louis XIV promulgue la déclaration par un édit qui interdit de la contredire et ordonne de l'enseigner dans tout le royaume. Dès le 11 avril, le bref *Paternae Caritati* d'Innocent XI condamne les quatre articles. En outre, le pape refuse désormais l'investiture aux évêques présentés par le roi. Dans sa constitution *Inter multiplices* (1690), son successeur Alexandre VIII déclare nulle la déclaration de 1682 et en exige la révocation. Louis XIV ne reviendra jamais sur les principes énoncés dans son édit. Tout au plus en suspend-il l'application en 1693, situation dont Innocent XII se contente. Mais le mal est fait. D'autres s'en souviendront. Sous Louis XV, le conseil d'État du 24 mai 1766 remet en application les principes gallicans de 1682. Quant à Napoléon, après avoir conclu le concordat de 1801 avec Pie VII, il y ajoute à l'insu de ce dernier des articles organiques, qui prévoient l'enseignement des quatre articles dans les séminaires[316]. Le pape proteste. En vain.

316. Cette disposition deviendra effective par la loi du 18 germinal an X (8 avril 1802).

Sous Charles X, l'arrêt du 3 décembre 1825 affirme que la déclaration de 1682 a toujours été « reconnue et proclamée Loi de l'État ». Il faut attendre la définition du dogme de l'infaillibilité pontificale (1870) pour qu'un coup définitif soit porté au gallicanisme, déclaré alors hérétique.

Pour l'heure, Louis XIV ne s'en tient pas là. Sur le premier conflit vient s'en greffer un second, celui de l'affaire des franchises. À Rome, les quartiers qui environnent les ambassades jouissent du privilège d'extra-territorialité. Ils échappent donc au contrôle des autorités pontificales, ce dont les malfaiteurs de toute espèce profitent allègrement. Innocent XI, soucieux de rétablir l'ordre dans la ville, supprime pour toutes les ambassades ce privilège abusif. Tous les princes européens acceptent cette décision. Tous, sauf Louis XIV. Le 16 novembre 1687, le marquis de Lavardin, nouvel ambassadeur de France, entre dans Rome accompagné de plusieurs dizaines d'hommes armés, et s'empare du quartier de l'ambassade française, dont il interdit l'accès à la police pontificale. Ce coup d'éclat lui vaut l'excommunication. De même, Innocent XI fait secrètement informer sa Majesté qu'elle est excommuniée. Cette mesure ne sera jamais rendue publique. S'appuyant sur ses principes gallicans, Louis XIV lui-même n'en tiendra pas compte[317].

Les différends entre Louis XIV et la papauté s'enveniment. En 1688, le roi multiplie les hostilités. Il fait occuper militairement Avignon et le Comtat Venaissin, territoires du pape. Il fait séquestrer le nonce Ranuzzi. Il interdit à l'épiscopat français toute correspondance avec Rome. Une expédition contre les États pontificaux d'Italie est envisagée. Fidèle à ses idées gallicanes, l'orgueilleux monarque appelle un futur concile à juger et invalider les actions du pape

---

317. Cf. Dubruel, Marc, « L'excommunication de Louis XIV », article paru en 1913 dans le n° 137 de la revue jésuite *Études*, p. 608-635.

à son égard. Au plus fort de la crise, Innocent XI lance à l'ambassadeur de Louis XIV cette parole lourde de sens :

Si les conciles étaient supérieurs aux Papes, dont la puissance vient de Dieu, les États Généraux auraient lieu de prétendre le même avantage sur les rois.[318]

Une leçon prophétique : un siècle plus tard, la royauté française sera punie par où elle a péché.

C'est dans ce contexte d'escalade du conflit qu'en juin 1689, sainte Marguerite-Marie Alacoque, alors religieuse à Paray-le-Monial, transmet à sa supérieure ce message du Christ pour le roi :

Fais savoir au fils aîné de mon sacré Cœur que, comme sa naissance temporelle a été obtenue par la dévotion aux mérites de ma sainte enfance, de même il obtiendra sa naissance de grâce et de gloire éternelle par la consécration qu'il fera de lui-même à mon Cœur adorable qui veut triompher du sien et, par son entremise, de celui des grands de la terre. Il veut régner dans son palais, être peint dans ses étendards et gravé dans ses armes, pour les rendre victorieuses de tous ses ennemis en abattant à ses pieds ces têtes orgueilleuses et superbes, pour le rendre triomphant de tous les ennemis de la sainte Église.[319]

Quelques temps après, le 28 août, la demande se fait plus précise :

Le Père éternel, voulant réparer les amertumes et angoisses que l'adorable Cœur de son divin Fils a

---

318. Blet, Pierre, *Les Assemblées du Clergé et Louis XIV, de 1670 à 1693*, Rome, Université Grégorienne, 1972, p. 396.

319. Ladame, Jean, *La Sainte de Paray, Marguerite-Marie*, Montsûrs, Résiac, 1977, p. 286-287.

ressenties dans la maison des princes de la terre, parmi les humiliations et outrages de sa Passion, veut établir son empire dans la Cour de notre grand monarque, duquel il se veut servir pour l'exécution de ce dessein qu'il désire s'accomplir en cette manière, qui est de faire faire un édifice où serait le tableau de ce divin Cœur pour y recevoir la consécration et les hommages du roi et de toute la cour. De plus, ce divin Cœur voulant se rendre protecteur et défenseur de sa sacrée personne contre tous ses ennemis visibles ou invisibles, dont il le veut défendre et mettre son salut en assurance par ce moyen, c'est pourquoi il l'a choisie comme son fidèle ami pour faire autoriser la messe en son honneur par le Saint-Siège apostolique et en obtenir tous les autres privilèges qui doivent accompagner cette dévotion de ce sacré Cœur, par laquelle il lui veut départir les trésors de ses grâces de sanctification et de salut, en répandant avec abondance ses bénédictions sur toutes ses entreprises, qu'il fera réussir à sa gloire, en donnant un heureux succès à ses armes, pour le faire triompher de la malice de ses ennemis. Heureux donc qu'il sera, s'il prend goût à cette dévotion, qui lui établira un règne éternel d'honneur et de gloire dans ce sacré Cœur de notre Seigneur Jésus-Christ, lequel prendra soin de l'élever et le rendre grand dans le ciel devant Dieu son Père, autant que ce monarque en prendra de relever devant les hommes les opprobres et anéantissements que ce divin Cœur y a soufferts; qui sera en lui rendant et lui procurant les honneurs, l'amour et la gloire qu'il en attend.[320]

Pourquoi le Christ adresse-t-il alors un tel message à Louis XIV, sinon pour lui signifier qu'il n'est que le lieutenant de Dieu, et non Dieu lui-même? La consécration constitue en

320. *Idem*, p. 287-288.

effet le meilleur moyen de rappeler au roi qu'il n'est pas sacré en lui-même, mais par participation à une royauté unique et qui le dépasse infiniment, celle du Christ. Ce dernier n'exprime aucune rancune à l'égard de Louis XIV et de ses errements. Bien au contraire, en reconnaissant sa sujétion à un ordre divin et transcendant, le roi peut encore jouer un très grand rôle et devenir le canal de nombreux bienfaits spirituels et temporels. Mais la demande du Sacré-Cœur ne sera pas écoutée. Très exactement un siècle après celle-ci, le 17 juin 1789, les États généraux s'érigent en assemblée constituante et donnent naissance au système représentatif français. La souveraineté royale vient de prendre fin. La Révolution française commence.

CONCLUSION

L'histoire ne s'arrête pas là… Le 13 juillet 1917, la sainte Vierge apprend aux trois enfants de Fatima qu'elle viendra ultérieurement demander la consécration de la Russie à son Cœur Immaculé. Si cet acte n'est pas effectué, la Russie « répandra ses erreurs à travers le monde », ce qui entraînera des guerres, des persécutions pour l'Église, et l'anéantissement de plusieurs nations[321]. Pourquoi la Russie ? Peut-être parce qu'en cette même année 1917, les bolcheviks, inspirés par l'histoire récente de France, reprennent le flambeau de la Révolution… Le 13 octobre, jour pour lequel la Vierge a promis un miracle, quelques 70 000 personnes venues à Fatima assistent à un spectacle inédit : celui d'un soleil qui tourne sur lui-même avant de se rapprocher dangereusement

321. « If My requests are heeded, Russia will be converted, and there will be peace ; if not, she will spread her errors throughout the world, causing wars and persecutions of the Church. The good will be martyred, the Holy Father will have much to suffer, various nations will be annihilated. » FELLOWS, Mark, *Sister Lucia, Apostle of Mary's Immaculate Heart*, New York, Immaculate Heart Publications, 2007, p. 66.

de la terre[322]. La demande annoncée par la Mère de Dieu est rendue effective le 13 juin 1929. Lucie, la seule des trois voyants à avoir survécu, est devenue religieuse. Elle reçoit alors de la Vierge le message suivant : le pape, en union avec les évêques du monde entier, doit consacrer la Russie au Cœur Immaculé de Marie[323]. En 1931, nouvelle communication du Ciel :

> *Fais savoir à Mes ministres que, puisqu'ils suivent l'exemple du Roi de France en retardant l'exécution de Ma demande, ils le suivront dans son infortune. Il ne sera jamais trop tard pour recourir à Jésus et à Marie.*[324]

Au moment où ces lignes sont écrites, la consécration exigée n'a toujours pas été faite[325]. L'allusion à Louis XIV et à ses successeurs, à qui Dieu semble avoir accordé un délai d'un siècle afin d'effectuer celle au Sacré Cœur[326], devrait pourtant alerter les autorités ecclésiastiques ! En effet, le centenaire de 1917, et même celui de 1929, ne sont plus guère éloignés...

Il ne s'agit pas ici de prédire l'avenir, ni de prévoir telle catastrophe pour telle date. Ce serait une fois de plus prétendre contrôler les desseins divins et se croire au-dessus de la Providence. Mais nul besoin d'être prophète pour comprendre qu'il existe aujourd'hui une véritable urgence ! L'actualité nous démontre chaque jour un peu plus que nous nous trouvons au bord d'un effondrement économique majeur, et au seuil d'une Troisième Guerre mondiale. En Europe, sous l'effet d'une immigration accrue et d'attentats de plus en plus fréquents, la guerre civile menace. Ce désastre

322. *Idem*, p. 90-93.
323. *Idem*, p. 219-224.
324. « Make it known to My ministers that given they follow the example of the King of France in delaying the execution of My request, that they will follow him into misfortune. It will never be too late to have recourse to Jesus and Mary. » *Idem*, p. 124.
325. *Idem*, p. 179-187.
326. Cf. chapitre précédent.

constitue sans aucun doute le fruit pourri de la démesure occidentale, mais aussi un châtiment divin. Il n'y a pas de contradiction dans cette dernière affirmation. En effet, la punition que Dieu réserve à ceux qui veulent se passer de lui, c'est souvent de les abandonner à leurs mauvaises inclinations. Les versets 12 et 13 du psaume 81 décrivent très exactement cette manière d'agir :

> *Mais mon peuple n'a pas écouté ma voix, Israël ne m'a pas obéi. Alors je l'ai abandonné à l'endurcissement de son cœur, et ils ont suivi leurs propres conseils.*

Mais nous savons aussi que « Dieu résiste aux orgueilleux, et [qu'] il accorde sa grâce aux humbles »[327]. La consécration publique et institutionnelle de notre pays à Dieu constituerait donc un véritable remède, non parce que ce rituel de la consécration détiendrait en lui-même une efficacité magique, mais parce qu'il témoignerait auprès du Ciel d'un changement majeur dans notre état d'esprit : il supposerait de la France un abandon de son orgueil luciférien, et un retour à l'écoute de la voix divine ; une évacuation des droits de l'homme et une nouvelle attention accordée aux commandements de Dieu ; une reconnaissance du caractère sacré de toute personne non en elle-même, mais par participation à un au-delà divin, qui la dépasse infiniment.

Aussi paradoxal que cela puisse paraître, les limites imposées par la loi divine rendent l'homme authentiquement libre, elles le mènent à son plein épanouissement. À l'inverse, les vaines promesses d'une liberté absolue ne lui apportent que la dissolution de sa propre identité : dissolution dans la machine (transhumanisme), dans l'animal (manipulations génétiques), dans la marchandise (gestation pour autrui) ou

327. *Jacques* IV, 6.

le matériau (trafic d'organes) ; dissolution des différences sexuelles (idéologie du *gender*, transsexualisme), dissolution des familles dans d'incessantes recompositions, etc... autant de maux qu'une obéissance aimante à la loi naturelle voulue par Dieu peut éviter.

Si le Christ a pu être solennellement intronisé roi de Pologne le 19 novembre 2016, en présence du président Andrzej Duda[328], pourquoi ne pourrait-il pas l'être aussi en France ? Évidemment, sur le plan institutionnel, le contexte actuel de notre pays ne se prête guère à un tel revirement. Mais aujourd'hui encore, il reste possible de promouvoir sur le terrain politique la doctrine sociale de l'Église et la royauté sociale du Christ. C'est ce à quoi s'emploie notamment l'association Civitas, devenue parti politique en avril 2016. C'est le retour de la théocratie ! s'indigneront certains[329]. Mais si vous avez bien compris ce livre, si vous avez lu le précédent[330], vous savez désormais que la France laïque est déjà une théocratie, celle de l'homme autoproclamé dieu... Plus que jamais, les catholiques doivent donc faire retentir sur la place publique le cri de l'archange saint Michel : « Qui est comme Dieu ? »

---

328. Cf. « Jesus Christ Enthroned as 'King of Poland' », article de Katherine Moyes publié le 22 novembre 2016 sur le site http://www.krakowpost.com
329. Cf. à ce sujet les vociférations des *Grandes Gueules* de RMC, le 29 juin 2016, face à leur invité Alain Escada, président de Civitas.
330. Martin, Antoine, *Le Chant dans la fournaise : de la nécessaire insoumission chrétienne face aux nouvelles théologies*, Paris, Kontre Kulture, 2015, 135 p.

TABLE DES MATIÈRES

PREMIÈRE PARTIE : FORT CONTRE DIEU

DEUXIÈME PARTIE : LIBERTÉ ABSOLUE

Collection Kontre Kulture
Dirigée par Alain Soral

1. Lazare Bernard, *L'Antisémitisme, son histoire et ses causes*
2. Soral Alain, *La Vie d'un vaurien*
3. Soral Alain, *La Création de mode*
4. El Kadhafi Mouammar, *Le Livre vert*
5. Atzmon Gilad, *Quel Juif errant ?* (The Wandering Who?)
6. Sigaut Marion, *Du Kibboutz à l'Intifada*
7. Niesche Felix, *Ex-France*
8. Marx Karl, *Sur la question juive*
9. Dieudonné, Soral Alain, Zéon, *Yacht People, tome 1 – Quenelle en haute mer*
10. Niesche Felix, *Fragrans feminæ (sur la gynécocratie)*
11. Bainville Jacques, *Histoire de France*
12. Thoreau Henry-David, *Walden ou la vie dans les bois*
13. Hosein Imran N. , *Jérusalem dans le Coran*
14. Sombart Werner, *Les Juifs et la vie économique*
15. Collectif Anonyme, *Chansonnier étudiant*
16. Niesche Felix, *Vis comica*
17. Niesche Felix, *Arabesques*
18. Weininger Otto, *Sexe et Caractère*
19. Maurras Charles, *Si le coup de force est possible*
20. Soral Alain, *Chroniques d'avant-guerre**
21. Blanrue Paul-Eric, *Anthologie des propos contre les Juifs, le judaïsme et le sionisme*

22. NIESCHE Felix, *Spleen and strings*

23. TALMEYR Maurice, *La Franc-Maçonnerie et la Révolution française*

24. ROUSSEAU Jean-Jacques, *Textes choisis (Rousseau)*

25. SIGAUT Marion, *Russes errants sans terre promise*

26. LE BON Gustave, *Psychologie des foules*

27. CARDET Matthias, *L'Effroyable Imposture du Rap**

28. DELAISI Francis, *La Révolution européenne*

29. THOMET Jacques, *Retour à Outreau – Contre-enquête sur une manipulation pédocriminelle*

30. LÉON Abraham, *La Conception matérialiste de la question juive*

31. PROUDHON Pierre-Joseph, *La Pornocratie*

32. TOUSSENEL Alphonse, *Les Juifs, rois de l'époque : histoire de la féodalité financière*

33. DE TOCQUESAINT Arnauld, *La Face cachée de l'École*

34. POUND Ezra, *Le Travail et l'Usure*

35. SANKARA Thomas, *Anthologie des discours de Thomas Sankara*

36. BAKOUNINE Michel, *Textes choisis (Bakounine)*

37. BELGHOUL Farida, *Georgette !*

38. BONNARD Abel, *Les Modérés*

39. SOREL Georges, *Introduction à l'économie moderne*

40. DIEUDONNÉ, SORAL Alain, ZÉON, *Yacht People, tome 2 – Au-dessus, c'est le soleil*

41. SORAL Alain, *Anthologie*

42. BERTH Edouard, *Les Méfaits des intellectuels*

43. CHILDE Vere Gordon, *Naissance de la civilisation*

44. Collectif, *L'Almanach pour tous – Volume 1 (2013)*

45. Kropotkine, *L'Entraide, un facteur de l'évolution*

46. Niesche Felix, *CCCP & autres chutes*

47. Delassus Henri, *La Conjuration antichrétienne*

48. Abbeville Soline, *Les Maladies dégénératives - Les Propositions du docteur André Gernez*

49. Guyénot Laurent, *JFK**

50. Clouscard Michel, *Traité de l'amour fou*

51. De Brague Pierre, *Les Cahiers du Cercle Proudhon*

52. Sorel Georges, *Textes choisis (Sorel)*

53. Sigaut Marion, *De la centralisation monarchique à la révolution bourgeoise*

54. Choffey Lucie, *L'Effroyable Imposture du féminisme*

55. Cohen Jacob, *Le Commando de Hébron*

56. Wiet Gaston, *Grandeur de l'Islam*

57. Mahi Zohra, *Dieudonné, la parole est à la défense*

58. Azim, *Slurp, l'escargot qui en savait trop*

59. Clouscard Michel, *La Bête sauvage*

60. Sigaut Marion, *La Chasse aux sorcières et l'Inquisition*

61. De Poncins Léon, *Les Juifs et le concile Vatican II*

62. Hugo, Sergeat Loïc, Sigaut Marion, *Dominique Cartouche – La véritable histoire*

63. Fabre Nicolas, *Mon retour à la terre – Guide du néo-rural*

64. Niesche Felix, *Coffret Félix Niesche*

65. Crampon Augustin, *Le Nouveau Testament*

66. Hosein Imran N. , *Gog et Magog*

67. Sigaut Marion, *Voltaire – Une imposture au service des puissants*

68. Boucher Laurent, *Mon étrange légion*

69. Collectif, *L'Almanach pour tous – Volume 2 (2014)*

70. Collectif, *Je ne suis pas Charlie... et j't'emmerde !*

71. Martin Antoine, *Le Chant dans la fournaise*

72. Vujic Jure George, *Nous n'attendrons plus les barbares*

73. Shamir Israël Adam, *La Bataille de Russie*

74. Korias Dimitri, *La Télévision malade du sionisme*

75. Sigaut Marion, *La Mort du roi et les secrets de Saint-Fargeau*

76. Barrès Maurice, *Scènes et doctrines du nationalisme*

77. Sergeat Loïc, Sigaut Marion, *Damiens – La véritable histoire*

78. Teil Julien, *Le Livre noir des ONG*

79. Mbeko Patrick, *Guerre secrète en Afrique centrale*

80. Viguier Damien, *De la famille clanique au couple parental homosexuel*

81. Séverac Claire, *La Guerre secrète contre les peuples***

82. Atzmon Gilad, Usmani Alimuddin, *Du tribalisme à l'universel*

83. Ehret Arnold, *Santé et guérison par le jeûne*

84. Gougenot des Mousseaux Henri-Roger, *Le Juif, le judaïsme et la judaïsation des peuples chrétiens*

85. Berthe Augustin, *Jésus-Christ, Sa vie, Sa passion, Son triomphe*

86. Schacht Hjalmar, *Mémoires d'un magicien*

87. Collectif, *Contes, fables et légendes (Nouvelle édition)*

88. Viguier Damien, *La Réification de la parole et autres fictions*

89. Cerise Lucien, *Neuro-pirates – Réflexions sur l'ingénierie sociale*

90. Bardèche Maurice, *Nuremberg*

91. Sigaut Marion, *La Marche rouge – Les enfants perdus de l'Hôpital général*

92. Apicella Enzo, Atzmon Gilad, *De A à Zion – L'Abécédaire israélien de référence*

93. Cohen Jacob, *Confessions d'un sayan*

94. Collectif, *L'Almanach pour tous – Volume 3 (2015)*

95. Hitler Adolf, *Mein Kampf – Mon combat*

96. Prévost Philippe, *L'Église et le ralliement*

97. Jean Sébastien, *Les Illuminés de Bavière*

98. Sajous Adrien, *Sociologie du gamer*

99. Lapierre Vincent, *Hugo Chávez – Anthologie des discours*

100. Lapierre Vincent, *Hugo Chávez – La Patrie au cœur*

101. Hosein Imran N., *Introduction à une étude méthodologique du Coran*

102. Reisman Judith, *Kinsey, la face obscure de la révolution sexuelle*

103. Viguier Damien, *Pierre Bergé censeur – L'affaire Dialogues désaccordés*

104. Jouanneau Toussaint, *Cahiers de culture chrétienne, tome 1 – La Bible*

105. Viguier Damien, *Terrorisme et crime contre l'humanité*

106. Guyénot Laurent, *Du yahvisme au sionisme*

107. Niesche Felix, *L'Enfer de Don Juan*

108. Sigaut Marion, *Le Tournant de la régence*

109. Blet Stéphane, *Franc-maçonnerie – L'effroyable vérité*

110. Halzan Jérôme, *Mythes et réalités de la science*

111. Bluj', *Dessins d'actualité 2006-2016*

112. Collectif, *Carlos – Un combattant contre l'empire*

113. Collectif, *L'Almanach pour tous – volume 4 (2016)*

114. Demachy Édouard, *Les Rothschild*

115. Colombi Claire, *La Légende noire du Moyen Âge – cinq siècles de falsifications.*

116. Loran Claude, *Création et conduite d'entreprise – Guide de planification stratégique pour les TPE et PME*

117. Hitler Adolf, *Le Testament politique de Hitler*

118. Prévost Philippe, *La Condamnation de l'action française*

119. Korias Dimitri, *666 vannes contre le racisme et l'antisémitisme*

120. Marquis de la Franquerie, *La Mission divine de la France*

121. Bainville Jacques, *Histoire de deux peuples continuée jusqu'à Hitler*

122. Martin Antoine, *La Chutes des astres*

* *En co-édition avec les Éditions Blanche.*

** *En co-édition avec Élie & Mado.*